봄마중 청소년숲

안녕, 고래

정명섭 유이영 김여진 이지선 지음

봄마중

기획의 말

　울산 반구대 암각화는 신석기 시대부터 청동기 시대에 걸쳐 울산 울주군 대곡천 일대의 바위에 새겨진 선사 시대 바위그림으로, 국보 제285호(울주 대곡리 반구대 암각화)와 국보 제147호(울주 천전리 명문과 암각화)가 대표적이다.

　그림 속에는 여러 동물과 함께 고래가 그려져 있다. 범고래를 비롯해 귀신고래와 흰긴수염고래까지 다양한 고래들이 등장한다. 귀신고래가 새끼를 등에 올려놓고 다니는 모

습이나 흰긴수염고래의 세로줄 무늬를 세밀하게 묘사한 것을 보면, 오랜 시간 고래를 관찰하고 그렸음을 짐작할 수 있다. 특히 고래를 잡는 장면은 미끼를 준비하는 모습부터, 여러 명이 긴 통나무배를 타고 바다로 나아가는 모습, 작살로 고래를 잡는 광경과 육지로 끌고 온 고래를 해체하는 모습까지 단계별로 그려져 있다. 연구자들은 반구대 암각화의 고래 그림을 통해 아주 오래전부터 조직적으로 고래를 사냥했을 것으로 보고 있다. 고래는 잡기 힘든 수중 생물이지만, 덩치가 크고 살코기와 지방층, 껍질까지 버릴 게 없었기 때문에 예로부터 인간의 중요한 사냥 대상이 되어 왔다.

경주에 있는 신라 시대 고분인 서봉총에서는 고래 뼈가 발견되었고, 고려 시대에는 몽골인 다루가치가 강원도

와 경상도의 해안 지역에서 고래기름을 구해 간 기록이 남아 있다. 해양 활동이 활발하지 않았던 조선 시대에도 고래를 잡은 흔적이 보인다. 일제 강점기에는 일본의 포경선들이 조선의 바다를 휘저으며 고래를 마구잡이로 사냥했다. 이 과정에서 조선인은 거의 배제되었다. 광복 이후에는 울산의 장생포와 방어진을 중심으로 포경선이 운용되었으나, 1985년 11월 포경이 전면 금지되면서 장생포에서의 고래잡이도 막을 내렸다. 그렇지만 지금도 그물에 걸리거나 해안으로 떠내려온 고래의 판매는 허용되기 때문에 울산 지역에서는 여전히 고래 고기를 맛볼 수 있다.

고래는 선사 시대부터 우리와 함께 살아온 존재다. 비록 지금은 포경이 금지되었지만 우리는 여전히 고래와 떼려야 뗄 수 없는 관계를 이어 가고 있다. 이 책에 실린 4편의

작품은 선사 시대부터 현대까지 우리와 함께한 다양한 고래의 이야기다. 고래가 우리에게 어떤 존재였으며, 앞으로 어떻게 공존하고 보존해야 할지 함께 생각해 볼 수 있을 것이다.

울산 반구대 암각화는 '반구천의 암각화'라는 명칭으로, 2025년 7월 12일, 유네스코 세계 유산에 등재되었다.

차례

기획의 말 · 4

바위에 새겨진 고래 _정명섭 · 11

남매 고래 _유이영 · 65

회귀 본능 _김여진 · 119

폭풍 속으로 _이지선 · 185

바위에 새겨진 고래

정명섭

 가리온을 비롯한 아이들은 작살꾼인 둑보를 따라 개울가를 걸어갔다. 가락바퀴로 어머니가 짠 삼베옷에 가죽으로 된 외투까지 걸쳤지만 계곡에서 올라오는 냉기 탓에 가리온은 몇 번이고 기침을 콜록거렸다. 바닷가와 평야에는 어느새 봄이 찾아왔지만 햇살이 비치지 않는 계곡에는 아직 얼음과 눈이 군데군데 남아 있었다. 뒤따라오던 어리가 말린 도토리 하나를 건네며 말했다.
 "입에 넣고 천천히 녹여서 먹어. 그러면 기침이 좀 줄어들 거야."
 "고마워."
 가리온은 말린 도토리를 입안에 넣고 터져 나오는 기침을 억지로 씹어 삼켰다.

"젠장, 꼭 그 바위까지 가야 하나."

가리온이 투덜거리는 소리를 들었는지 어리가 활달한 목소리로 대꾸했다.

"신성한 바위에 새겨야 인정을 받잖아."

"그렇긴 하지."

이곳에는 가리온과 어리가 속한 부족을 비롯해 몇몇 부족이 함께 살고 있었다. 오랜 기간 지내오면서 서로 싸우기도 하고 노략질과 약탈을 저지르기도 했다. 하지만 백 년 전, 외팔이 현자의 등장으로 이러한 갈등이 마무리되었다. 외팔이 현자는 갈등과 분쟁을 막기 위한 몇 가지 규칙을 내세웠는데 그중 하나가 바로 신성한 바위에 관한 것이었다. 그는 계곡에 있는 넓은 바위에 각 부족이 사냥한 동물들을 그려 넣어서 자랑할 수 있도록 했다. 하지만 다른 부족을 약탈하거나 살인을 저지르면 바위에 그림을 그릴 수 있는 자격이 박탈되었다. 이 규칙이 세워지면서 부족들은 바위에 그림을 새기는 영광을 차지하기 위해 사냥에 몰두했다. 가리온과 어리가 속한 바다수 부족 역시 바다에서 잡은 고래를 바위에 그렸다. 그림을 그리는 사람은 고래를 잡은 작살꾼이었다. 그리고 앞으로 작살꾼이 될 아이들이 동행

했다. 보고 배우라는 뜻이었다. 앞장선 둑보를 따라 신성한 바위에 도착한 가리온이 어리에게 말했다.

"어, 산돌 놈들이 먼저 와 있네?"

"그러게. 또 뭔가를 잡았나 봐."

둑보가 산돌 부족원들을 향해 소리쳤다.

"어이, 뭘 잡았길래 그렇게 당당하게 새기는 거야?"

산돌 부족 중 한 명인 덩치 큰 사냥꾼이 두 팔을 벌리며 외쳤다.
 "이렇게 큰 호랑이를 잡았지. 너라면 울음소리만 들어도 오줌을 지리고 도망갈 정도로 어마어마한 놈이었어."
 산돌 부족원들이 낄낄거리며 웃었다. 산에 사는 그들은 용맹함의 상징으로 호랑이를 잡아 가죽으로 외투를 만들고

이빨로 목걸이 같은 장신구를 만들어서 착용했다. 둑보를 놀린 덩치 큰 산돌 부족원 역시 호랑이 가죽으로 만든 외투를 입고 있었다. 그리고 그의 얼굴 한쪽에는 발톱 자국이 선명하게 남아 있었다. 코와 귀 일부가 떨어져 나가서 흉측한 모습이었지만 천진난만하게 웃고 있었다. 바다수 부족에서 알아주는 작살꾼인 둑보 역시 지지 않고 맞받아쳤다.

"물에 들어가면 살려 달라고 애원할 녀석이 말이 많아."

서로 말싸움을 주고받았지만 분위기는 화기애애했다. 외팔이 현자의 결정 이후 부족 간 혼인이 이루어지면서 서로 더 가까워졌기 때문이다. 가리온의 어머니 역시 산돌 부족 출신이었다. 한바탕 입씨름이 오간 뒤 둑보가 물었다.

"호랑이가 얼마나 컸는데?"

"와서 봐. 다 새겼어."

둑보가 앞장서자, 가리온과 어리를 비롯한 아이들이 그 뒤를 따랐다. 암묵적으로 신성한 바위의 중앙을 기준으로 왼쪽에는 바다수 부족이, 오른쪽에는 산돌과 다른 부족들이 사냥한 것들을 새겼다. 그래서 오른쪽으로 갈수록 육지 동물이 많았다. 호기심에 우르르 몰려온 바다수 부족 아이들을 위해 산돌 부족원들이 횃불을 비춰 주었다. 계곡 안에 있는 신성한 바위는 한낮에는 오히려 그림이 잘 보이지 않았다.

"여기야, 여기!"

덩치 큰 사냥꾼이 손가락으로 가리킨 곳에는 이제 막 새겨진 호랑이 그림이 보였다. 뚫어지게 바라보던 가리온이 물었다.

"꼬리가 세워져 있네요. 이건 뭔가를 노리고 있는 자세 같은데요?"

가리온의 물음에 덩치 큰 사냥꾼이 껄껄 웃으며 말했다.

"역시 어머니가 우리 부족 출신이라 잘 아네. 우리 마을에서 기르는 멧돼지를 노리고 있던 놈이야. 딱 저런 자세로 바위틈에 있는 걸 창을 던져서 잡았지."

덩치 큰 사냥꾼은 자랑스러운 표정으로 창을 던지는 시늉을 했다. 그러고는 둑보에게 물었다.

"넌 뭘 새기러 온 거야?"

"고래지, 당연히."

"이번에는 얼마나 큰 걸 잡았는데?"

둑보는 두 팔을 활짝 벌렸다.

"이것보다 딱 열 배!"

"그렇게 큰 고래가 어딨어? 있다 해도 잡을 수가 있겠어?"

"못 믿겠으면 우리 마을로 와 봐. 아직 해체하고 있으니까. 이번에 잡은 고래는 아래턱에서 가슴까지 주름이 있는 놈*이었어."

"진짜? 내일 구경 가 봐야겠네. 고래는 어떻게 새기게?"

"멋지게."

껄껄 웃던 둑보가 손가락으로 신성한 바위의 빈 곳을 가리켰다.

"저기다가 새기려고."

"우린 사냥하러 가 봐야 하니까 잘 그려 놓고 가."

덩치 큰 사냥꾼과 그의 동료들은 손을 흔들며 자리를 떠났다. 둑보는 바위 앞에 서서 외투를 벗어 놓고 돌로 만든 끌과 나무망치를 집어 들었다. 거추장스러운지 조개로 만든 목걸이도 벗어 내려놓았다. 둑보가 바위에 사냥한 고래를 새기는 동안 아이들은 둘러서서 횃불을 비추었다. 그리고 조용히 노래를 불렀다. 죽은 고래의 넋을 기리면서 사냥

---

* 밍크고래로 추정됨.

18

한 작살꾼의 용기를 찬양하는 내용이었다. 냉기가 가시지 않은 계곡으로 노랫소리가 안개처럼 흩어졌다.

신성한 바위에 사냥한 고래를 새긴 둑보와 아이들은 마을로 돌아왔다. 바닷가와 접한 마을은 두 겹의 목책으로 둘러싸인 강과 바다가 만나는 야트막한 언덕 위에 있었다. 모래가 섞인 언덕 여기저기에는 나무로 기둥을 세우고 갈대와 나뭇가지로 벽과 지붕을 씌운 움집들이 자리하고 있었다. 마을 바로 앞이 바다였는데, 마을 사람 몇몇이 돌로 된 추가 달린 그물로 물고기를 잡고 있었다. 예전에는 가죽을 꼬아서 그물을 만들었지만 지금은 삼베 껍질로 만들어서 더 가볍고 튼튼했다. 아이들이 물장구를 치며 그물이 기다리고 있는 쪽으로 물고기를 몰아가고 있었다. 요란하게 첨벙거리는 소리를 흉내 내던 가리온이 크게 웃었다. 따라 웃던 아이들에게 둑보가 말했다.

"잠깐 쉬고 고래 바위로 모여. 작살 던지는 연습을 해야 하니까."

아이들이 일제히 알겠다고 대답하자 둑보가 바다 쪽을 가리켰다.

"올해는 작살꾼이 부족해서 족장님이 너희 중에서도 뽑겠다고 하셨다. 너희가 올해 몇 살이지?"

"열네 살이요!"

"우리 부족에서 아직까지 열네 살짜리 작살꾼이 나온 적은 없었다. 하지만 이제 너희에게 기회가 올 거야."

둑보의 말에 아이들은 환호성을 질렀다. 작살꾼은 바다수 부족에서 가장 중요하고 인기 있는 존재였다. 고래 한 마리를 잡으면 부족원 전부가 배불리 먹을 수 있었다. 그뿐만 아니었다. 고래기름을 몸에 바르면 추위를 막을 수 있고, 상처가 덧나는 걸 막아 주었다. 고래 가죽은 질기고 물을 막아 주기 때문에 지붕을 덮거나 비 오는 날 두르기에 좋았다. 고래 뼈는 단단해서 창의 촉으로 만들거나 칼로 쓰기 좋았고, 움집을 지을 때 나무 대신 기둥으로 쓰이기도 했다. 고래 내장도 삶아서 먹으면 부드럽고 맛있었다. 그래서 고래를 잡는 일은 바다수 부족에게 아주 중요한 일이었고, 작살을 던지는 작살꾼은 아무나 될 수 있는 게 아니었다. 고래가 잡히면 작살꾼은 가장 많은 고기와 기름을 받을 수 있었고, 족장으로 뽑힐 가능성도 높았다. 아이들은 신이 나서 흩어졌다. 가리온은 바닷가를 바라보며 아버지를 찾았다. 지나가던 둑보가 어깨를 툭 치며 말했다.

"아빠 찾니? 저기 뼈대 바위에 앉아 계시잖아."

가리온은 고개를 꾸벅 숙인 뒤 그쪽을 바라봤다. 강과 바다가 만나는 곳에는 뾰족한 바위 하나가 있었는데 마치 뼈를 꽂아 놓은 것 같아서 뼈대 바위라고 불렀다. 한 사람이 겨우 올라갈 만한 자리에다 주변에 급류가 흘러서 부족 사람들은 잘 가지 않는 곳이었다. 딱 한 사람, 가리온의 아버지인 은수를 제외하고는 말이다. 가리온은 잠시 고민하다가 뼈대 바위 쪽으로 향했다. 산돌 부족에서 받아 온 멧돼지를 가둬 둔 우리를 지나 강가에 도착하자 그물로 잡은 물고기들의 배를 갈라 나뭇가지에 널고 있는 여자아이들이 보였다. 가볍게 눈인사를 하고 지나가는데 루아가 물을 뿌리며 장난을 걸어왔다. 다른 여자아이들이 까르르 웃는 가운데 가리온은 짜증을 냈다.

"하지 말라고."

루아는 혀를 살짝 내밀더니 냉큼 친구들 사이에 끼어서 물고기를 다듬는 척했다. 그러면서 은근슬쩍 한쪽 발을 내보였다. 멧돼지의 송곳니와 색색의 돌을 가죽끈에 꿰어서 만든 발찌가 보였다. 못 본 척하며 지나간 가리온은 발목까지 차는 물살을 헤치며 뼈대 바위로 올라갔다. 둑보의 말대로 아버지는 그곳에 혼자 앉아 있었다. 누가 다가와도 아는 척을 하지 않는 아버지였지만 아들인 가리온에게는 눈인사를 건넸다. 가리온은 조심스럽게 뼈대 바위 위, 아버지의 아래쪽에 쪼그리고 앉았다. 하늘을 바라보던 아버지가 입을 열었다.

"어제보다 해가 일찍 저물고 있어."

"그게 중요한 거예요, 아버지?"

"저 해는 대체 뭘까 궁금하지 않니?"

아버지의 물음에 가리온은 고개를 들어 지는 해를 바라봤다. 하지만 강한 햇빛 때문에 이내 눈을 감고 말았다.

"해는 해죠. 바다는 바다고, 고래는 고래고요."

"그렇지. 모든 건 그저 모든 것일 뿐이지."

가리온은 눈을 뜨고 아버지를 쳐다봤다. 아버지는 한때 바다수 부족 최고의 작살꾼이었다. 십여 년 전, 아버지가 등으로 물을 뿜는 거대한 고래*를 잡았던 일은 지금도 어른들 사이에서 종종 이야기되곤 했다. 그런데 고래를 잡던

• 북방긴수염고래로 추정됨.

중 배가 뒤집히는 사고가 있었다. 물에 빠졌다가 떠오른 아버지는 다리를 심하게 다쳤다. 그 이후 아버지는 다시는 작살을 잡지 않았다. 다리를 다친 것 때문이기도 했지만, 살아 있는 생명을 죽이기 싫다는 이상한 말을 했다. 죽음이 일상이고 삶이었던 사람들에게 그 말은 괴상하고 기이한 이야기였다. 그 이후 아버지는 물고기나 고기 대신 과일이나 채소만 먹었다. 그리고 하루 종일 뼈대 바위에 앉아서 하늘만 바라봤다. 부족 최고의 작살꾼이 되는 게 꿈인 가리온에게는 참으로 답답하고 미운 아버지였다. 하지만 아버지는 미워할 수만은 없는 존재였다. 해맑게 웃어 줬고, 아들인 가리온의 얘기를 누구보다 잘 들어 줬기 때문이다. 무엇보다 아버지는 한때 바다수 부족 최고의 작살꾼이 아니었던가. 그 뒤를 잇기 위해서는 작살을 잘 던지는 방법을 알아내야만 했다.

"아버지, 작살 던지는 법 좀 알려 줘요."

"힘껏."

짧게 대답한 아버지가 한쪽 팔을 들어 작살을 던지는 시늉을 했다.

"잘 던져야 해."

실망한 가리온이 벌떡 일어나서 소리쳤다.

"난 최고의 작살꾼이 되고 싶다고요!"

가리온은 너무 흥분한 나머지 균형을 잃고 그만 물에 빠지고 말았다. 거센 물살에 잠깐 허우적거리다가 겨우 일어난 가리온에게 아버지가 말했다.

"죽음은 고통스러운 거야. 고래의 숨통을 끊을 때 어떤 느낌인 줄 아니?"

"몰라요. 그건 알고 싶지 않다고요. 나는 최고의 작살꾼이 되어서 신성한 바위에 사냥한 고래를 새길 거라고요."

"신성하지 않은 곳에 피와 죽음을 새기겠다고?"

아버지의 말에 속이 상한 가리온은 주먹을 불끈 쥐고 씩씩거렸다. 더 따지고 싶었지만 이제 고래 바위로 가야만 했다. 물속의 미끈거리는 자갈 때문에 크게 휘청이는 순간, 언제 내려왔는지 모를 아버지가 팔을 잡아 줬다. 생각 같아서는 확 뿌리치고 싶었지만 차마 그럴 수는 없었다. 아버지와 뭍으로 올라와 고래 바위가 있는 바닷가로 걸어가면서 부족원들이 사는 마을을 가로질렀다. 움집들이 옹기종기 모여 있는 공터에는 사냥한 멧돼지 가죽을 말리고 돌바늘로 무두질한 가죽을 꿰는 여인들이 보였다. 그중에는 산돌 부족 출신인 가리온의 어머니도 있었다. 이상해진 아버지와 여전히 사이가 좋았던 어머니는 한 손에 가락바퀴를 들고 삼에서 뜯어낸 속껍질을 꼬는 중이었다. 고개를 든 어머니가 활짝 웃었다.

 그 옆에서는 갯벌에서 캐낸 조개들을 불에 찌고 있었다. 땅을 야트막하게 파고 돌을 촘촘히 박은 다음, 불을 피우고 그 위에 조개들을 올려놓았다. 조개가 익어 입을 벌리면 나뭇가지로 안에 있는 조갯살을 발라냈다. 재작년에 태어난 아기는 어머니가 조물조물 씹어 준 조갯살을 받아서 먹었다. 그 옆을 지나가는데 둑보의 동생이자 토기를 만드는 해살이 다가왔다. 해살은 이가 부실하고 몸도 약해서 오래 살지 못할 것이라고 했지만, 형이 가져다준 고래 고기를 먹고 힘을 냈는지 스무 살이 될 때까지 죽지 않고 살아 있었.

 해살은 비틀거리며 다가와서는 가리온의 아버지에게 말을 걸었다.

 "여기 좀 보세요."

 해살이 손에 든 토기를 내밀었다. 아래쪽이 뾰족한 토기는 모닥불 옆 땅에 박아 놓고 고기나 생선 같은 것을 익혀 먹을 수 있었다.

가리온의 아버지는 건네받은 토기를 이리저리 살폈다.

"왜?"

"아저씨가 말씀하신 대로 빗살무늬 대신에 그물 무늬를 넣어 봤어요."

"그러네. 훨씬 멋져 보이는걸."

"처음에는 이상했는데 보면 볼수록 잘 나온 거 같아서요. 고맙습니다."

"고맙긴, 네 손재주가 뛰어나서 그런 거지."

"그리고 아래쪽에 구멍을 두 개 뚫으라고 하셨잖아요?"

"맞아. 거기에 끈을 걸어서 거꾸로 매달아 두면 안이 잘 마르잖아."

"반신반의했는데 정말 잘 마르더라고요."

긴 팔로 머리를 긁적거리는 해살에게 가리온의 아버지가 말했다.

"내 얘기에 귀를 기울여 줘서 고맙지. 다른 무늬가 떠오르면 또 알려 줄게."

"네. 그래 주세요. 토기에 새로운 무늬를 넣는 게 재미있더라고요."

신이 난 해살과 얘기를 마친 아버지가 가리온을 고래 바위 앞까지 데려다주었다. 먼저 와 있던 어리가 어서 오라는 듯 손을 흔들었다. 가리온이 몇 걸음 옮기는데 아버지가 뒤에서 말했다.

"작살을 던지기 전에 반드시 고민해 봐라."

"그 순간에는 고민 같은 건 하면 안 되지 않나요?"

"내가 한 생명을 죽일 이유가 있는지 말이야. 고민이 사라져야 작살이 일직선으로 꽂힌다."

아버지는 한 손가락으로 머리를 가리키며 덧붙였다.

"머리가 흔들리면 손끝이 요동치거든. 그럼 작살은 빗나간다. 제대로 꽂히지 않거나."

그 말을 끝으로 아버지는 돌아서서 뼈대 바위 쪽으로 걸어갔다. 잠깐 서서 그 말을 곱씹어 보던 가리온은 서두르라는 둑보의 외침에 정신을 차렸다. 물속을 텀벙텀벙 걸어 고래 바위 위로 올라가자 십여 명의 또래 소년들이 옹기종기 모여 있었다. 어리가 살짝 자리를 내주었다. 가리온은 고래 바위 끝에 서 있는 둑보를 바라봤다. 둑보의 손에는 거대한 작살이 들려 있었다.

"잘 들어라. 고래는 몸통이 엄청 크고, 질긴 가죽 아래에 두꺼운 기름층이 있어. 내장이나 뼈는 그 아래에 있지. 그러니까 작살을 거기까지 깊숙이 찔러 넣어야 해. 대충 이 정도."

한 손을 쫙 펼친 둑보는 다른 손도 펴서 나란히 붙여 보였다. 그걸 본 어리가 중얼거렸다.

"거의 팔뚝 깊이만큼 찔러 넣어야 하네."

가리온은 혀를 내두르는 어리의 어깨에 손을 올리며 말했다.

"충분히 할 수 있잖아."

"얼마나 힘을 줘야 할까?"

둘이 속삭이는 사이 둑보의 설명이 이어졌다.

"고래는 가슴에 큰 지느러미가 있어. 작살로 그 지느러미와 몸통 사이를 정확히 찔러야 해. 다른 곳은 찔러 봤자 소용없어."

어리가 손을 번쩍 들었다.

"다른 곳을 찔러도 고래를 잡기만 하면 되는 거 아닌가요?"

"그건 사람으로 치면 팔다리를 찌른 것과 같지. 어리는 호랑이한테 팔을 물리면 어떡할 거니?"

"도망쳐야죠. 최대한 빨리."

"맞아. 고래도 급소가 아니라 다른 곳을 찔리면 도망쳐 버린다. 고래가 얼마나 빠른지 알지?"

아이들은 일제히 "네!" 하고 대답하며 고개를 끄덕거렸다. 다들 걸음마를 떼기 전부터 바다에서 고래를 사냥하는 모습을 보고 자랐기 때문에 잘 알고 있었다. 둑보가 손으로 바다를 가리켰다.

"고래는 순식간에 저 멀리 갈 수 있어. 그런데 우리 작살에는 끈이 달려 있잖아. 그러면 작살꾼이랑 배도 함께 끌려가게 되는 거야."

둑보는 손목에 감겨 있던 가죽 팔찌를 풀었다. 그 아래엔 뱀이 휘감은 것 같은 상처 자국이 남아 있었다.

"그나마 칼로 끈을 재빨리 끊어서 다행이었지 안 그랬으면 밧줄로 감은 팔목이 떨어져 나갔을 거야. 그때 같이 작살을 던졌던 친구는 물에 빠져 다시는 나오지 못했어."

분위기가 숙연해졌다. 매년 봄과 가을이 되면 고래들이 육지 가까이로 접근했다. 그러면 바다수 부족은 고래 사냥에 나섰다. 고래는 엄청 빠르기 때문에 쫓아가는 건 불가능했다. 바다로 나가는 걸 배로 막고 작살을 던져야 했다. 기회는 단 한 번뿐이었고, 고래가 들이받아서 배가 부서지는 일도 비일비재했다. 물론 바다수 부족원 대부분은 수영을 잘하긴 했지만, 그래도 물에 빠지는 건 위험한 일이었다. 그래서 고래 사냥은 부족 전체의 잔치이자 축제이면서 죽음을 생각해야 하는 엄숙한 시간이기도 했다. 매해 고래 사냥에서 죽거나 심하게 다치는 사람들이 있었기 때문이다. 하지만 고래를 잡으면 몇 달 동안 식량 걱정을 하지 않아도 되고, 이웃 부족이나 장사꾼들과 물물 교환도 할 수 있었기 때문에 바다수 부족에게는 피할 수 없는 운명이었다. 무거워진 분위기를 바꾸려는 듯 둑보가 말했다.

"겁나냐?"

"아닙니다!"

가리온을 비롯한 아이들이 일제히 외치자, 둑보가 작살을 머리 위로 들어 올렸다.

"걱정 마라. 이 작살로 고래의 숨통을 단번에 끊으면 되니까 말이야. 작살을 던질 때는 어떻게 해야 한다고?"

아이들은 두 손을 머리 위로 들면서 외쳤다.

"최대한 치켜들고 물에 뛰어들면서 급소를 내려찍어야 합니다."

"작살의 날이 고래의 가죽과 기름층을 뚫고 들어가려면

엄청난 힘으로 내리찍어야 한다. 그래서 그냥 던지는 게 아니라 물로 뛰어들면서 노려야 해. 이 방법은 위험하지만 효과가 좋으니 계속 연습해야 한다."

둑보를 비롯해 아이들의 시선이 자연스럽게 가리온에게 향했다. 방금 둑보가 얘기한 방식을 처음 시작한 게 바로 가리온의 아버지였기 때문이다. 그 방식으로 엄청나게 많은 고래를 잡았다. 그래서 지금도 가리온의 아버지를 손가락질하는 사람은 없었다. 둑보는 작살로 내리찍는 시늉을 하며 설명을 이어 갔다.

"작살은 튼튼한 나무로 대를 만들고 뼈를 갈아서 만든 촉을 박은 다음, 가죽끈으로 단단히 고정시킨다. 여기 보면 작살의 촉을 이빨처럼 갈아 놨다. 그래야 상처를 크게 내고 피를 많이 쏟게 해서 빨리 잡을 수 있어. 그러니까 제대로만 찌르면 아무리 큰 고래라고 해도 숨통을 끊을 수 있다. 정확하게 찌르는 연습을 해야 하는 이유가 그 때문이다. 저기 물속을 봐라."

둑보가 바위 아래를 가리키며 덧붙였다.

"저기에 나무토막을 하나 박아 놨다. 지금부터 작살을 가지고 물에 뛰어들면서 저 나무토막에 꽂는 연습을 한다. 제일 잘 꽂는 사람을 작살꾼으로 삼겠다."

아이들은 환호성을 지르며 흥분을 감추지 못했다. 어리도 주먹을 불끈 쥐었다.

"이번 작살꾼은 바로 나야!"

가리온은 자기도 내심 욕심을 내고 있었기에 어색하게 웃었다. 둑보는 제일 가까이에 있던 아이에게 작살을 넘겨줬다. 두 손으로 작살을 잡은 아이는 바위 끝에 섰다. 둑보가 소리쳤다.

"작살을 잘 찍으려면 목표물을 제대로 포착해야 해. 그래야 작살이 흔들리지 않는다. 망설이면 찍는 순간 손이 흔들려서 작살이 깊이 들어가지 않아. 부러질 수도 있고."

둑보는 작살의 대에 묶여 있던 가죽끈을 아이의 팔목에 감아 주며 덧붙였다.

"고래에 작살을 찍은 다음 중요한 것은 가라앉지 않게 하는 거다. 고래가 죽어서 가라앉으면 아무 소용이 없어. 그러니까 반드시 작살로 찍은 다음에는 이 끈을 잡고 버텨야 한다. 이 끈은 나무배에 연결되어 있어서 배에 탄 사람들이 함께 당길 거야. 고래는 힘이 엄청 세기 때문에 급소를 찌르지 못하면 배가 끌려가 버릴 수도 있어. 그럴 때는 가지고 있는 칼로 끈을 잘라야 한다. 하지만 그렇게 되면 고래를 놓치게 되지. 그러니까 신중하게 결정해야 해."

말을 마친 둑보가 아이의 어깨를 툭 치며 소리쳤다.

"찌를 지점을 정확히 보고 힘을 모아서 한 번에 찌른다. 자, 찍어!"

둑보의 말에 아이가 작살을 머리 위로 치켜들며 외쳤다.

"이야!"

그러고는 단숨에 물속으로 뛰어들었다. 물이 사방으로 튀어 아이들은 한 발짝씩 뒤로 물러섰다. 잠시 후, 아이가 물에 흠뻑 젖은 채 모습을 드러냈다. 하지만 작살에는 나무 토막이 꽂혀 있지 않았다. 아이는 작살을 둑보에게 건네면서 우물거렸다.

"딱 겨냥했는데 물살에 나무가 움직였어요."

"당연하지. 고래가 네가 던질 작살을 그냥 가만히 기다릴 리는 없잖아."

둑보는 혀를 차며 다음 아이에게 작살을 줬다.

"움직임을 미리 예측하고 과감하게 찔러야 한다. 물에 들어간다는 두려움에 몸이 굳으면 작살에 힘이 실리지 않아. 두려움을 떨치고 뛰어들어 봐."

두 번째 아이가 알겠다고 대답하고는 고함과 함께 물속으로 뛰어들었다. 하지만 이번에도 나무토막에 작살을 꽂는 데 실패했다. 그렇게 차례차례 아이들이 작살을 들고 물속으로 뛰어들었지만 어리와 가리온의 순서가 될 때까지 아무도 성공하지 못했다. 이제 둘만 남자, 어리가 말했다.

"누가 먼저 할까?"

"내가 먼저 할게."

가리온의 대답을 들은 어리가 어깨를 툭 쳤다.

"잘해 봐."

둑보에게 작살을 건네받은 가리온은 심호흡을 하면서 바위 끝에 섰다. 아버지 못지않은 작살꾼이 되고 싶다는 생각에 최대한 정신을 집중해서 물속을 바라봤다. 거품 섞인 파도 아래로 하얀 나무토막이 흔들거리는 게 보였다. 눈을 크게 뜨고 흔들림을 살펴보다가 나무토막이 멈추는 순간 작살을 치켜들고 물속으로 뛰어들었다. 하지만 뛰어들기 직전 옆에서 몰아친 파도에 그만 균형을 잃고 말았다.

"안 돼!"

옆으로 쓰러지면서 작살을 제대로 찌르지도 못했다. 코로 들어온 바닷물 때문에 정신을 차리지 못한 가리온은 겨우 물 밖으로 기어 나왔다. 손으로 눈을 비비며 닦자 둑보가 허리에 손을 얹은 채 내려다보며 말했다.

"파도가 오는 걸 봤어야지. 네가 아무리 빨라도 파도보다 빠르지는 못해."

"네."

풀이 죽은 가리온은 둑보에게 작살을 건네주며 물러났다. 옆에서 어리가 위로의 말을 건넸다.

"괜찮아. 다음에 잘하면 되지."

"그래."

말은 그렇게 했지만 속상함은 가시지 않았다. 작살을 건네받은 어리에게 둑보가 말했다.

"바다를 똑바로 보고 뛰어내려. 목표물을 계속 봐야 잘 보인다고!"

아무 대답도 하지 않고 집중한 어리는 영리하게도 파도가 치고 지나간 틈을 노려 재빨리 뛰어들었다. 잠시 후, 어리가 물 위로 머리를 내밀며 환호성을 질렀다. 작살 끝에는 나무토막이 박혀 있었다. 가리온은 진심으로 기뻐하며 박수를 쳤다. 둑보와 아이들도 환호성을 질렀다. 어리는 멋쩍은 표정으로 말했다.

"운이 좋았습니다."

"운이 좋긴, 실력이지."

둑보가 활짝 웃으며 어리의 젖은 머리를 쓰다듬었다. 그리고 아이들에게 말했다.

"봤지?"

"네!"

"계속 던지다 보면 목표물을 맞힐 수 있어. 그러니까 순서대로 계속해 보자."

둑보의 말에 다들 들뜬 목소리로 알겠다고 대답했다. 둑보는 물속으로 들어가서 나무토막을 다시 묶어 두고 올라왔다. 아이들은 다시 작살을 들고 물속으로 뛰어들었다. 둑보는 할 수 있다고 외치면서 격려했다.

해가 질 때까지 작살을 던지는 연습을 했지만 제대로 작살을 꽂은 건 어리뿐이었다. 둑보는 내일 다시 하자면서 연습을 마무리했다. 작살의 줄을 정리하던 둑보가 덧붙여 말했다.

"작살을 던져서 어떤 고래든 잡아도 상관없지만 새끼 고래는 잡으면 안 된다. 무슨 일이 있어도 말이야."

"별의 저주 때문인가요?"

어느 아이의 물음에 둑보가 고개를 끄덕였다.

"그래. 작살에 맞아서 죽은 새끼 고래의 영혼이 하늘의 별이 되어서 우리 부족에게 저주를 내렸었어. 고래가 자취를 감추거나 파도가 높아져서 사냥을 나갈 수가 없었지. 무려 30년 동안이나 말이야. 그러니까 절대로 새끼 고래를 사냥해서는 안 돼."

알겠다고 씩씩하게 대답하는 아이들을 대견한 눈으로 바라보던 둑보는, 내일은 배도 같이 만들 것이니 언덕으로 모이라고 했다. 아이들은 바위에서 뛰어내려 뭍으로 올라갔다. 물에 흠뻑 젖은 몸을 가볍게 털고는 저녁을 먹기 위해 뿔뿔이 흩어졌다. 가리온은 어리와 인사를 나누고 움집으로 걸어갔다. 움집 앞의 작은 모닥불 옆에는 부모님이 나란히 앉아 물고기를 굽고 있었다. 가리온이 모닥불 앞 나무 둥치에 걸터앉자, 어머니가 나뭇가지에 꿰어 구운 물고기를 내밀었다.

"루아가 주라고 한 거다."

"아이, 안 먹어요."

"손질한 것 중에 제일 큰 거야. 잔말 말고 먹어."

엄한 어머니의 말에 가리온은 물고기를 건네받았다. 생각보다 뜨거워 입으로 후후 불었다. 흐뭇하게 보고 있던 어머니가 물었다.

"오늘 작살 던지기는 어땠니?"

"그럭저럭요. 내일은 배를 만든다고 했어요."

"안 그래도 언덕에 통나무를 가져다 놓았더라."

"올해는 우리도 작살을 던지게 해 준다고 했어요."

"그래, 너는 최고의 작살꾼이 될 수 있어."

하지만 아버지는 아무 말도 하지 않았다. 어머니가 옆에 놓인 항아리에서 질그릇으로 물을 퍼서 아버지에게 건넸다. 물을 마신 아버지는 벌떡 일어나더니 하늘을 올려다보며 말했다.

"별이 참 밝구나."

그러고는 움집 안으로 들어가 버렸다. 그런 아버지를 바라보며 가리온이 투덜거렸다.

"작살 던지는 법을 알려 줬으면 오늘 나무토막을 맞힐 수 있었을 거예요."

"아버지는 다 생각이 있으실 거야. 그러니까 너무 마음 쓰지 말거라."

가리온은 머리를 쓰다듬어 주는 어머니에게 몸을 기댔다. 아버지의 뒤를 잇는 최고의 작살꾼이 되어야 한다는 생각은 온갖 두려움과 불안함으로 이어졌다. 가리온의 마음이 가라앉을 때까지 머리를 쓰다듬어 주던 어머니가 이마에 입을 맞추며 말했다.

"우리도 들어가자."

"네."

가리온은 움집으로 들어갔다. 어두컴컴한 움집 안은 눈앞조차 보이지 않을 정도로 어두웠다. 하지만 수없이 드나들어서 보지 않고도 내부 구조를 알 수 있었다. 허벅지 높이까지 파낸 움집 바닥은 불로 한번 구워서 단단했다. 그 위에는 지붕에 올리고 남은 이엉을 깔아 두었다. 가운데 있는 화덕에서는 매캐한 연기 냄새가 났다. 화덕 옆에는 불을 피울 때 쓰는 활비비가 놓여 있는데 지난번에 그걸 밟고 크게 고생한 적이 있어서 최대한 조심스럽게 움직였다. 빙 둘러 세운 나무 기둥에는 말린 고기와 가죽들이 걸려 있었다.

아버지는 오른쪽 끝 곰 가죽 위에 누워 있었다. 가리온은 조심스럽게 아버지 옆에 가서 몸을 눕혔다. 뒤따라온 어머니가 그 옆에 누워 가리온의 배를 토닥거리며 노래를 불러

췄다. 산돌 부족이 아이들에게 불러 주는 자장가였다. 어릴 때부터 들어 익숙했던 그 노래에 가리온은 금방 잠이 들었다.

다음 날, 움집의 이엉 틈으로 스며든 햇살과 짐승들의 울음소리 그리고 파도치는 소리가 가리온의 잠을 깨웠다. 가리온은 얼른 밖으로 나갔다. 생각보다 해가 높이 떠 있어서 마음이 급해졌다. 그때 어리가 뛰어가며 말했다.

"늦은 거 같아. 얼른 뛰어."

"아, 알았어."

가리온은 어리의 뒤를 따라 언덕으로 달려갔다. 바닷가에서 조금 떨어진 언덕에는 산돌 부족에게 배운 방식대로 농사를 짓는 공간이 있었다. 산돌 부족은 처음에는 여기저기 다니면서 벌판에 불을 지른 다음 씨를 뿌리는 방식을 썼다. 해안가에 사는 바다수 부족은 그럴 수 없었기 때문에 언덕에 불을 지르는 방식으로 농사짓는 걸 연습했다. 풀과 나무가 무성했던 곳에 불을 지른 다음, 검게 타 버린 땅을 사슴뿔로 만든 괭이와 돌로 만든 보습으로 뒤집어엎고 야생에서 채집한 볍씨를 뿌렸다. 작년 여름은 너무 더워서 제대로 자라지 않았지만 올해는 순조롭게 크는 중이었다. 푸릇한 이파리들이 돋아 있는 밭고랑 끝에 어른 몸통만 한 통나무가 껍질이 벗겨진 채 놓여 있었다. 아이들은 거의 다 와 있었고, 돌도끼를 어깨에 걸친 둑보가 서 있었다. 바위 옆에는 모닥불이 피워져 있었다. 어리와 가리온이 숨을 헐떡거리며 도착하자 둑보가 헛기침을 하면서 말했다.

"오늘은 고래 사냥에 쓸 배를 만들면서 연습할 거다. 돌도끼로 통나무를 열 번씩 찍은 다음, 바위에서 작살을 던지는 연습을 한다."

아이들은 어제처럼 줄을 서서 둑보에게 돌도끼를 건네받아 도끼질을 하고는 바위 위로 올라갔다. 둑보는 날이 없는 작살을 건네주고 바닥에 동그라미를 그렸다.

"여기 원 안에 작살을 꽂아."

맨 뒤에 선 가리온이 어리에게 말했다.

"어제보다는 쉽겠네."

"그러게."

가리온은 통나무를 살폈다. 원래는 고래잡이에 나무를 엮어서 만든 뗏목을 더 많이 썼었는데 고래를 쫓기에는 속도가 나지 않았다. 그래서 통나무를 파내어 만든 통나무배를 주로 쓰게 되었다. 여러 척의 통나무배가 육지와 가까운 곳으로 고래를 몰아넣은 다음에 작살꾼이 작살로 사냥하는 방식이었다. 이 방식을 체계적으로 정리한 것도 바로 가리온의 아버지였다. 어리와 얘기를 주고받는 사이에 순서가 돌아왔다. 어리가 쾌활한 목소리로 말했다.

"내가 먼저 할게."

어리는 도끼질을 열 번 한 다음, 바위 위로 올라가서 작살을 건네받았다. 그리고 힘차게 외치며 뛰어내렸다.

"이야!"

어리는 정확히 그려진 원 안에 작살을 꽂았다. 흡족한 표정을 지은 둑보가 "다음!" 하고 외쳤다. 도끼질을 마친 가리온은 작살을 건네받았다. 둑보가 바닥에 동그라미를 그리고는 손가락으로 가리켰다.

"여기다!"

가리온은 심호흡을 하고 동그라미를 바라보면서 뛰어내렸다. 그리고 작살을 꽂았는데, 아슬아슬했지만 원 안으로 들어갔다.

"성공이다!"

어리는 기뻐하는 가리온에게 달려가 축하해 주었다.

"잘했어!"

"고마워."

어제보다는 더 많은 아이들이 성공했다. 아무래도 흔들림이 없고, 잘 보이는 땅이라서 그런 것 같았다. 두세 번 반복되는 동안 통나무배도 그럭저럭 완성되었다. 해가 높이 뜨자 둑보가 말했다.

"오늘은 여기까지 한다. 내일은 어제처럼 바다에서 연습할 거니까 해가 뜨면 고래 바위로 모여라."

배가 고픈 아이들은 서둘러 흩어졌지만 가리온과 어리는 남았다. 작살에 묶인 줄을 정리하던 둑보가 물었다.

"왜 남은 거니?"

"연습을 좀 더 하고 싶어서요."

가리온의 대답에 둑보가 씩 웃으며 작살을 건넸다.

"이걸 써라."

"고맙습니다."

둑보는 모닥불에서 타고 있던 장작 하나를 꺼내 통나무의 파낸 부분에 던졌다. 그걸 본 가리온과 어리도 따라서 장작을 하나씩 꺼내 넣었다. 통나무배의 파낸 부분은 불에 그슬려야 앉아서 노를 젓기에 편했다. 연기가 모락모락 피어오르는 통나무배를 바라보던 가리온이 물었다.

"발판은 어느 쪽에 만드실 건가요?"

"뿌리가 저쪽이었으니까 반대쪽에 만들어야지."

고래 사냥용 통나무배의 앞쪽에는 작살꾼이 올라설 수 있는 발판을 만들었다. 작살꾼은 그 위에 서서 배가 어디로 가야 할지 지시했다. 그리고 작살을 들고 물속으로 뛰어들면서 고래에게 작살을 꽂았다. 가리온과 어리는 바위 위에서 작살을 던지는 연습을 하면서 통나무배가 만들어지는 과정을 지켜봤다. 해가 저물 때까지 연습한 둘은 둑보에게 인사하고 집으로 향했다. 해가 삽시간에 떨어지면서 하늘에 별이 보였다. 앞서 걷고 있던 어리가 손가락으로 하늘을 가리켰다.

"저게 고래별이지?"

"응."

"엄마 고래 옆에 있는 게 새끼 고래고."

"그런 거 같아."

얘기를 주고받던 어리가 갑자기 멈춰 서더니 진지한 얼굴로 말했다.

"나는 네가 작살꾼이 되면 좋겠어."

"실력은 네가 더 좋잖아."

"이제 시작인걸."

"열심히 해 보자."

"그래."

둘은 악수를 나누고 각자의 가족이 있는 움집으로 돌아갔다.

열흘 정도 지나자 겨울의 끝자락이 사라지고 완연한 봄이 찾아왔다. 한결 따뜻해진 바람에 부족원들은 입고 있던 두꺼운 털가죽을 벗어 던졌다. 그즈음 뗏목을 타고 먼바다에서 그물을 던지던 부족원들이 고래 떼를 봤다고 전해 왔다. 마을 전체가 흥분하고 들뜬 가운데 둑보가 고래 바위에 모인 아이들에게 말했다.

"이번 고래 사냥에서는 너희가 직접 배를 몰고 작살도 던질 거다!"

아이들이 환호성을 질렀다.

"처음이라 고래를 잡기는 힘들겠지만 좋은 경험이 될 거니까 열심히 해. 그래야 가을에 큰 고래를 잡을 수 있어."

다들 들뜬 나머지 둑보의 말이 제대로 귀에 들어오지 않았다. 가리온도 어리를 얼싸안고 기뻐했다. 환호성이 그치고 분위기가 진정되자 둑보가 다시 말을 이었다.

"오늘은 통나무배를 띄워서 직접 노를 저어 볼 거다. 다 같이 배를 가지고 바다로 가자."

아이들은 완성된 통나무배를 끌고 바다로 갔다. 통나무배 앞에는 작살꾼이 올라설 작은 발판이 만들어져 있었다. 뼈로 만든 송곳으로 구멍을 뚫고 거기에 나무를 박아 기둥처럼 세운 다음, 작은 나뭇가지들을 엮어서 만들었다. 한 사람이 겨우 올라갈 정도의 크기라서 균형을 잡기가 쉽지 않을 것 같았다. 둑보도 그 점을 잘 알고 있는 듯, 배를 물에 띄우자마자 다시 강조했다.

"발판 위에서 균형을 잡아야 작살을 던질 수 있어. 그래서 오늘은 한 명씩 발판에 올라가서 균형을 잡는 연습을 할 거야."

아이들은 허리까지 차오르는 물속에 나란히 서서 통나무배를 붙잡았다. 그리고 차례대로 한 명씩 발판 위로 올라갔다. 다들 자신만만하게 올라섰지만 얼마 버티지 못하고 떨어졌다. 가리온과 어리 역시 마찬가지였다. 두 번째로 올라갔다가 물에 빠진 가리온이 투덜거렸다.

"아휴, 오래 버티지를 못하겠네."

"그러게. 옆에서 파도가 치면서 배가 요동쳐서 그런가 봐."

아이들이 연거푸 물에 빠지는 걸 본 둑보가 마침내 입을 열었다.

"바다에 나가면 지금보다 더 심한 파도가 친다. 발판 위에 올라서면 이런 방식으로 균형을 잡아야 해. 잘 봐 둬라."

통나무배의 발판에 올라선 둑보가 다리를 벌리고 서서 허리를 바짝 낮췄다.

"무릎에 힘을 빼고 허리에 힘을 준 채 몸을 낮춰야 한다. 그러면 파도가 쳐도 무릎으로 균형을 조절할 수 있어서 떨어지지 않아."

둑보는 두 손으로 작살을 똑바로 세웠다.

"그리고 작살을 양손으로 똑바로 들고 있으면 좌우로 흔들리는 걸 좀 막을 수 있다. 다시 시작!"

아이들은 다시 차례대로 통나무배에 올라가 둑보가 알려 준 대로 자세를 취했다. 여전히 오래 버티지는 못했지만 처음보다는 확실히 나아졌다. 어리는 다른 아이들보다 더 오래 버텨 박수를 받았다. 결국 파도에 못 이긴 어리가 물로 떨어졌다. 가리온은 얼른 다가가서 손을 내밀었다. 가리온의 손을 잡고 일어난 어리가 말했다.

"무릎에 최대한 힘을 빼. 그래야 오래 버틸 수 있어."

"알겠어."

잔뜩 긴장한 채 발판에 올라선 가리온은 작살을 수평으로 들고 무릎을 살짝 구부렸다. 파도가 치면서 통나무배가 좌우로 출렁거렸다. 하지만 구부린 무릎으로 흔들림을 받아내면서 아까처럼 넘어지지 않았다. 가리온이 무사히 버티자 어리가 손으로 통나무배를 치면서 소리쳤다.

"잘한다!"

두 번째 파도도 잘 버텼고, 세 번째는 좀 더 큰 파도가 밀려왔다. 무릎을 굽히고 버텼지만 마지막 출렁거림을 이기지 못하고 바다에 빠지고 말았다. 물속에서 허우적거리던 가리온은 어리가 내민 손을 잡고 일어났다. 출렁거리는 통나무배를 한 손으로 잡은 둑보가 말했다.

"가리온이 제일 오래 버텼구나. 잘했다."

칭찬을 받은 가리온은 기쁨을 감추지 못했다. 어리가 축하한다며 어깨를 툭 쳤다.

"수고했다. 내일부터는 이 통나무배를 직접 타고 노를 젓는 연습을 할 거다. 잘 알겠지만 통나무배를 움직이기 위해서는 한마음으로 손을 맞춰서 노를 저어야 한다. 여기는 그나마 파도가 약하지만 바다로 나가면 움집보다 큰 파도가 칠 때도 많다. 알겠나?"

아이들이 일제히 "네!" 하고 대답했다.

"그리고 고래도 위험해. 자신이 사냥감이 된 걸 알면 어떻게든 빠져나가려고 들지. 통나무배 따위는 단번에 들이받아서 부수거나 뒤집어 버린다. 그런 상태에서 고래의 꼬리에라도 치이면 다시는 물 위로 떠오르지 못해. 내 동생처럼 말이야."

둑보뿐만 아니라 바다수 부족원 중에 바다에서 가족을 잃지 않은 사람은 없었다. 가리온의 할아버지 역시 바다에서 고래를 잡다가 목숨을 잃었다고 들었다. 하지만 바다수 부족에게 바다는 절대 포기할 수 없는 곳이었다. 산돌 부족이나 다른 부족들은 주로 채집 생활과 농경을 하면서 사냥을 같이했다. 하지만 평야에 불을 질러서 농사를 짓거나 짐승을 사냥하는 것도 쉬운 일은 아니었다. 비가 내리지 않거나 씨앗에 문제가 생기면 한 해 농사를 망쳤다. 사냥 역시 쉽지 않아서 고래를 잡는 것과는 비교도 안 될 정도로 힘들고 많은 사냥꾼이 죽거나 다쳤다. 고래는 그나마 매년 봄과 가을에 나타났지만, 다른 사냥감은 일정하게 찾기 힘들고 모습을 드러내지 않을 때가 많았다. 반면 바다수 부족은 바다와 하천에서 항상 풍족하게 물고기와 조개 그리고 고래를 잡을 수 있었다. 특히 거대한 고래는 고기뿐만 아니라 기름과 가죽, 뼈까지 여러모로 쓸모가 있었다. 고래 사냥은 바다수 부족에게 가장 중요한 일이었다. 엄숙해진 분위기를 풀려고 했는지 둑보가 웃으며 말했다.

"너무 긴장하지 말고 연습한 대로만 하면 고래를 잡을 수 있을 거야."

고래 사냥의 날이 다가올수록 가리온의 마음속에는 기대감과 긴장감이 나란히 자라났다. 신경이 많이 예민해졌고 특히 아버지에게 서운했다. 도움이 되는 말이나 응원을 전혀 해 주지 않았기 때문이다. 어머니가 다독거려 주어 기분이 풀어지긴 했지만 마음속의 앙금은 사라지지 않았다. 그러는 사이 바다에는 고래 떼가 점점 더 자주 나타났고, 마침내 사냥 날짜가 정해졌다. 고래는 덩치가 크고 빠르기 때문에 수십 척의 통나무배로 바다 쪽을 막고 뭍으로 몰아가둔 다음에 작살로 사냥해야만 했다. 뼈와 돌로 만든 작살의 촉이 아무리 날카롭다고 해도 고래를 잡는 건 결코 쉬운 일이 아니었다. 많아 봤자 하루에 한 마리 정도였다. 게다가 동족의 피 냄새를 맡거나 시신을 본 고래는 다른 곳으로 떠나기 때문에 길어 봤자 사나흘 정도만 고래를 잡을 수 있었다. 그동안 최대한 많이 잡아야만 했다.

족장은 하늘에 제사를 지내고 사냥 날짜를 선포했다. 머나먼 북쪽에서 흘러들어 온 청동으로 만든 거울을 가슴에 찬 족장은 활활 타는 불 속에서 꺼낸 뼈들을 세심하게 살피고는 큰 소리로 외쳤다.

"내일부터 고래를 잡는다!"

모닥불 주위에 모여 있던 부족원들이 일제히 환호성을 질렀다. 작살꾼에게는 실력을 보여 줄 시간이고, 나머지 부족원에게는 배불리 먹고 마실 수 있는 기회가 찾아온 것이다. 사냥이 벌어지는 동안 뭍에 있는 사람들은 대기하다가 죽은 고래를 해체하는 일을 맡았다. 부족 전체가 각자 일을 분담했고, 고래 사냥은 축제 같은 분위기로 치러졌다.

고래 사냥 날 아침. 사람들은 새벽부터 바닷가로 향했다. 가리온 역시 평소보다 일찍 일어나서 움집 밖으로 나왔다.

따라 나온 어머니가 며칠 동안 돌바늘로 꿰맨 가죽옷을 입혀 줬다.

"중간중간 구멍을 뚫어 놔서 물이 잘 빠질 거다. 고래는 꼭 잡지 않아도 되니까 다치지 말고 돌아오너라."

"네, 어머니."

어머니와 인사를 나누는데 아버지가 움집 밖으로 나왔다. 그냥 가려고 했지만 어머니가 슬쩍 팔을 붙잡았다. 아버지는 가죽끈이 달린 작은 돌칼을 내밀었다.

"작살은 오른손으로 던질 거니까 이건 왼손에 묶어라."

"거추장스럽지 않나요?"

건네받은 돌칼은 정말 정성껏 만든 흔적이 보였다. 숫돌에 갈아 날카롭게 갈린 날이 안쪽으로, 보름달처럼 휘어져 있었다. 손잡이는 노루 뿔로 만들어져 잡기에 편했다.

"허리춤에 꽂으면 물에 빠질 때 떨어지거나 손으로 쉽게 잡지 못해. 발판에 서서 이리저리 흔들릴 때 손을 뒤로 가져가면 균형을 잃게 되니 손목에 가죽끈으로 감고 있다가 작살과 연결된 줄을 끊을 때 이 칼을 뽑아서 쓰면 된다."

아버지는 직접 가리온의 손목에 돌칼에 달린 가죽끈을 감아 주고는 손에 잡힐 정도로 매듭을 남겨 두었다.

"이 매듭을 당기면 줄이 풀릴 거야. 그러면 바로 칼을 쓸 수 있어."

"고맙습니다, 아버지."

아버지가 두 손으로 가리온의 어깨를 툭 치며 말했다.

"어머니 뱃속에서 태어나 바닥을 기어다니던 게 엊그제 같은데 어엿한 작살꾼이 되었구나. 내가 부탁 하나만 해도 되겠니?"

"네."

"작살을 던질 때 마지막으로 한 번만 더 고민해 봐라."

아버지의 말에 온기가 차오르던 가리온의 마음이 다시 싸늘하게 식었다.

"작살을 던지지 말라고요?"

"던질지 말지 네 마음이 결정해야 한다는 뜻이다."

아버지는 더 말하지 않고 어서 가라는 손짓을 했다. 가리온은 돌아서 바닷가로 뛰어갔다. 구름이 낮게 깔려 있어 해가 잘 보이지 않았지만 땀이 나지 않을 것 같아서 오히려 더 좋았다. 바닷가에는 군데군데 거대한 모닥불이 피워졌다. 그 옆에는 잡은 고래를 해체할 거대한 돌낫과 돌칼들이 놓여 있었다. 부족원들은 바닷가에 서서 노래를 불렀다. 작살꾼과 배에 탄 사람들을 격려하고 용기를 북돋는 노래였다. 가리온이 또래 친구들과 탈 통나무배는 제일 구석에 있었다. 그때 모닥불 옆에 서 있던 루아가 소리쳤다.

"다치지 말고 고래 잘 잡아!"

진심이 담긴 외침에 가리온은 고맙다고 중얼거리고는 발걸음을 서둘렀다. 둑보가 모여든 아이들에게 설명을 시작했다.

"작살꾼은 어리와 가리온이다. 둘이 나눠서 발판에 올라간다. 너희들이 맡은 구역은 저기 왼쪽의 톱니 바위 쪽이다. 배에 쫓긴 고래들이 그쪽으로 움직이면 잡아야 한다. 할 수 있겠지?"

"네!"

아이들이 우렁찬 목소리로 외치자 둑보가 어서 배에 타라고 손짓했다. 아이들은 일제히 통나무배에 올라 노를 잡았다. 둑보가 가죽끈이 칭칭 감긴 작살 두 개를 배 안에 넣어 줬다. 작살꾼으로 선정된 가리온은 어리와 함께 앞쪽에 섰다. 그런데 어리가 먼저 올라가라며 가리온의 등을 떠밀었다.

"어제 연습하다가 발을 접질렸어. 네가 먼저 던져."

"그래도 되겠어?"

"노는 열심히 저어 줄게."

고맙다는 말을 남긴 가리온이 제일 앞에서 노를 잡았다. 바로 뒤에서 어리가 외쳤다.

"가자!"

어리의 말에 아이들이 일제히 노를 젓기 시작했다. 다른 배들 역시 파도를 헤치며 바다로 나아가고 있었다. 먼바다에는 고래가 헤엄치는 모습이 보였다. 바다수 부족의 고래 사냥은 체계적이었다. 스무 명 넘게 탈 수 있는 큰 배 몇 척이 먼바다까지 나가서 고래를 육지와 가까운 쪽으로 몰았다. 덩치가 큰 고래는 육지와 가까운 얕은 물에서는 제대로 움직이지 못했다. 그러면 작살꾼이 탄 작은 배가 바다와 육지 사이에 갇힌 고래를 사냥했다. 하지만 바다는 넓고 고래는 통나무배보다 몇 배는 빨랐기에 허탕을 치는 날이 많았다. 고래의 공격에 배가 뒤집히거나 부서져 죽거나 다치는 경우도 있었다. 고래를 잡는 날은 흥분과 긴장, 기대감과 두려움이 마구 뒤섞였다. 노를 젓고 있던 어리가 소리쳤다.

"왼쪽! 톱니 바위 쪽으로 가야 해!"

그제야 정신을 차린 아이들이 왼쪽으로 노를 바꿔서 저

었다. 흰 거품이 섞인 파도가 쉴 새 없이 몰아쳤다. 몇 번이나 뒤집힐 뻔한 통나무배는 가까스로 톱니 바위 근처에 도착했다. 고래 사냥이 시작되었다. 큰 배들이 고래를 육지 쪽으로 몰았다. 안쪽에는 고래에게 작살을 던질 작은 배들이 포진했다. 하지만 고래들은 쉽게 잡히지 않았다. 몰아가는 큰 배 사이를 지나쳐 더 먼바다로 빠져나가기 일쑤였다. 노를 올려놓은 채 상황을 지켜보던 어리가 중얼거렸다.

"쉽지 않겠네."

그래도 몇 마리의 고래가 육지 방향으로 몰렸다. 수심이 얕아진 곳에 들어온 고래는 등이 훤히 드러났다. 작살꾼들이 하나둘씩 발판 위로 올라갔고, 곧이어 작살들이 날아올랐다. 하지만 고래들은 재빠르게 몸을 틀어 작살을 피해 갔다. 바다에서 펼쳐지는 고래와 인간의 숨바꼭질은 쉽게 끝나지 않았다. 몇 번의 추격과 도주가 이어지는 사이, 시간이 물결처럼 흘러갔다. 높이 뜬 해가 저물 기미를 보이자 가리온은 초조해졌다.

"이러다가 한 마리도 못 잡는 거 아니야?"

실패가 계속 이어지는 가운데 한 무리의 고래가 먼바다로 빠져나가지 못하고 맴돌았다. 다들 좋은 기회라고 생각했는지 열심히 노를 저어 고래들을 쫓아 포위했다. 몇 마리는 다시 빠져나갔지만 나머지는 점점 육지 쪽으로 밀려왔다. 지켜보던 가리온의 눈에 톱니 바위 쪽으로 다가오는 고래가 보였다. 벌떡 일어난 가리온이 외쳤다.

"이쪽으로 오고 있어!"

어리가 작살을 건넸다.

"얼른 발판으로 올라가. 금방 오겠어."

작살을 건네받은 가리온은 발판 위로 올라갔다. 올라서는 순간, 휘청거리며 떨어질 뻔했지만 겨우 균형을 잡았다. 뒤에 있던 어리가 노를 저으며 외쳤다.

"곧장 온다! 던질 준비해!"

가리온은 양손으로 작살을 잡은 채 어리가 가리킨 쪽을 바라봤다. 고래의 검고 두툼한 등이 물살을 가르며 다가오는 게 보였다. 어리가 함께 노를 젓는 친구들에게 "오른쪽!"이라고 소리쳤다. 배와 고래의 진행 방향을 맞춰 작살을 던질 수 있게 해 준 것이다. 가리온은 몸을 바짝 낮춘 채 작살을 어깨 위로 치켜들었다. 고래가 다가오면 몸을 날려 작살을 던지면 되었다. 난생처음 고래를 잡을 수 있는 기회가 눈앞으로 다가오자 가리온은 바짝 긴장했다. 그걸 느꼈는지 어리가 외쳤다.

"기회는 또 올 거야. 그러니까 침착하게 던져."

웬일인지 고래는 통나무배와 가까워지는데도 속도를 높이거나 방향을 틀지 않았다. 천천히 직진해 오는 고래를 보며 가리온은 작살을 겨눴다. 고래의 등과 지느러미가 눈에 보이기 시작했다. 이제 던질 순간이 다가온 것이다. 어리가 다시 침착하라고 외치는 소리가 들렸다. 고래가 헤엄치면서 만들어 낸 물살이 통나무배를 가볍게 쳤다. 이제 손을 뻗으면 닿을 정도로 가까워졌다. 몸통 옆에 달린 지느러미가 똑똑하게 보였다. 그런데 몸을 날리기 직전 아버지가 했던 말이 떠올랐다.

'작살을 던지기 전에 마지막으로 고민해 봐라.'

들을 때는 화가 났지만 막상 작살을 던지려는 순간 고민이 찾아왔다. 살아 있는 생명체를 죽여야 한다는 사실에 주저하게 된 것이다. 얼른 던지라는 어리와 친구들의 외침이 귓가에 메아리쳤다. 고래가 배를 스쳐 지나가면 작살을 던질 기회가 사라진다. 배를 돌리려면 속도가 줄어들기 때문이다. 찰나의 순간, 작살을 던지려던 가리온은 마지막 순간에 힘을 주지 않았다. 결국 고래는 통나무배를 스쳐 지나갔다. 어리가 벌떡 일어나 가리온에게 물었다.

"왜 안 던진 거야! 아주 좋은 기회였잖아."

"저기 봐."

흐르는 땀을 손등으로 닦으며 가리온이 중얼거렸다.

"어미 고래가 새끼 고래를 떠받치고 있었어."

"뭐라고?"

어리가 고개를 돌려 지나간 고래를 바라봤다. 마침 구름이 걷히고 햇살이 바다를 비추면서 헤엄치는 고래가 또렷이 보였다. 가리온의 말대로 고래는 등 위에 새끼 고래를 태우고 있었다. 파도가 치고 구름에 햇살이 가려지는 바람에 지금껏 새끼 고래가 보이지 않았던 것이다. 어리가 긴 한숨을 내쉬면서 가리온의 어깨를 쳤다.

"야, 진짜 큰일 날 뻔했다."

새끼 고래는 절대로 사냥해서는 안 되는 존재였다. 만약 제대로 보지 않고 작살을 던졌다면 새끼 고래가 맞아 죽었을 것이다. 가리온은 한숨을 내쉬며 발판에서 내려왔다. 어리가 말했다.

"오늘은 사냥하지 말고 돌아가자."

"그게 좋겠어."

다들 동의했고 통나무배는 방향을 돌려서 뭍으로 향했다. 다른 배들도 사냥을 멈추고 뱃머리를 돌리는 게 보였다. 배가 뭍에 닿자 사람들이 달려와 배를 잡아 줬다. 허리까지 잠기는 물속에 내려 걸어 나온 가리온은 걱정스러운 표정으로 다가온 어머니에게 말했다.

"새끼 고래를 등에 태우고 있었어요."

"잘했다. 새끼 고래를 잡으면 안 되지."

뒤따라 도착한 배에서 내린 둑보도 외쳤다.

"어미 고래가 새끼 고래를 등에 태우고 있었어!"

"봤습니다. 그래서 작살을 던지지 않았어요."

"잘했다. 우리도 새끼 고래를 보고 작살을 안 던졌는데 너희 쪽으로 가길래 걱정했어."

"마지막에 던지려고 했는데 햇살이 비치면서 새끼 고래가 보였어요."

"노련한 작살꾼도 그 순간에 너처럼 침착하지는 못했을 거다."

모여든 부족원들이 그 말을 듣고 다들 칭찬했다. 고래 사냥도 중요하지만 새끼 고래를 해치면 저주를 받기 때문이었다. 족장이 가리온의 어깨를 두드려 줬다.

"네 덕분에 우리 부족이 큰 화를 면했다. 정말 고맙구나."
"아닙니다. 작살꾼으로서 해야 할 일을 한 것뿐입니다."
"신성한 바위에 오늘 일을 기록해야겠다."
"정말이요?"
"그럼, 우리 부족을 저주에서 구해 주었으니 당연히 새겨야지."

사람들에게 둘러싸인 가리온은 멀찌감치서 자신을 지켜보던 아버지와 눈이 마주쳤다. 가리온이 손을 흔들자, 아버지는 가볍게 고개를 끄덕였다. 가리온은 처음으로 아버지를 이해할 수 있었다. 고마움이 밀려왔다.

남매 고래

유이영

 달도 없는 밤이다.

 하늘과 바다가 구분되지 않는 암흑이라, 떠 봐야 소용없는 눈을 감았다. 입춘도 지났지만, 동트기 전 추위는 여전히 날을 세웠다. 쓸려 나가고 밀려오는 파도 소리가 절벽 끝에 서 있는 설경의 얼굴을 할퀴었다.

 설경은 잘 벼린 칼날 같은 서늘한 바람을 코로 데워 입으로 뱉었다.

 '집중하자. 집중!'

 설경은 왼쪽 눈썹을 살짝 찡그리며 감각에 집중했다.

 멀리서 무슨 소리가 들려왔다. 소리보다는 울림에 더 가까워 귀가 아닌 정수리에서 울렸다. 반가워서 허리춤에 묶어 둔 소라 껍질 나팔로 화답하고 싶었다. 하지만 침만 꿀꺽 삼켰다.

"설화야, 너도 들려? 드디어 고래가 왔어. 반갑대!"

설경은 등에 업힌 동생을 추스르며 말을 걸었지만, 대답이 없었다. 절벽 위로 부는 바닷바람이 추웠는지 너른 오빠 등에 잠이 덜 깬 얼굴을 비빌 뿐이었다.

"춥지? 이제 내려가자. 확인했으니, 됐어!"

멀리 하늘이 밝아 오고 있었다. 해가 뜨면 마을 사람들이 몰려올 터이니, 그 전에 내려가야 했다.

설경은 바닥에 내려놨던 새끼줄을 들어, 고래 바위 주변의 소나무 사이를 엮었다. 네댓 그루의 소나무를 엮으니, 누구도 접근하지 못할 반원 형태의 금줄이 완성되었다. 고래가 편히 쉬고 다시 바다로 돌아가면 풀 생각이었다.

단단히 묶인 새끼줄을 다시 한번 확인하고 만족스러운 듯 손을 탁탁 털었다.

"나 이제 마을 사람들 말 안 믿어. 우리를 먹이려고 고래가 온다는 게 말이 돼?"

설경은 마을 사람들에게 고래를 넘겨줄 생각이 없었다. 어머니가 계실 때는 일 년에 두어 번 겨우 잡던 고래였는데, 최근 고래 사냥이 너무 잦았다.

어머니는 고래가 다른 동물과는 다르다고 했다. 깊은 바닷속과 수면 위를 오가며 바다를 순환시키고, 죽어서는 수많은 바다 생물의 먹이가 된다고 습관처럼 말했다. 그래서 꼭 필요할 때만 사냥해야 하는데 어머니가 가신 뒤 사람들이 변했다.

고래 소리를 들을 수 있는 어린 설경을 꼬드겼다. 고래가 올 때마다 알려 주고, 소라 껍데기 나팔로 고래를 불러 주었더니, 마음껏 사냥하면서 고래 고기를 흔하게 여겼다.

고래는 바다를 살리고 때로는 사람도 살리는 영물이라는 어머니의 말을 아무도 기억하지 않았다. 대신 고래 고기는 신선해야 맛나다고 말했다. 그 말에 충격을 받은 설경은 이제부터 일 년에 딱 한 번만 알려 주리라 다짐했다.

"신선한 고래 고기라니! 고래는 신선이 아니라 신성해야 한다고!"

분이 덜 풀렸는지, 설경의 발걸음이 거칠었다. 돌멩이를 걷어차다 몇 번이고 미끄러졌지만, 용케도 넘어지지 않고 내려왔다. 수백 번도 넘게 걸은 산길이라 가능했다.

어느덧 산 밑에 다다르자 등 뒤로 날이 훤했다. 예상대로 강어귀엔 마을 어른들이 모여 있었다.

"어찌, 오셨드나?"

제일 작은 체구의 흰머리 노인이 물었다. 이 마을의 촌장이었다. 평온한 목소리였으나, 설경을 훑는 눈빛은 날카로웠다. 설경은 목덜미에 송골송골 올라온 땀을 훔쳐 내며 웃었다.

"아뇨, 어르신! 이번에도 건너뛰실 모양입니다."

"그런가?"

"예. 이번 봄에는 아니 오실 모양입니다."

몇몇 사람이 말을 더 보태려 했지만, 촌장이 눈짓으로 말렸다. 마을 사람들에게 촌장은 신이고 왕이었다. 촌장 눈 밖에 나면 이 마을에서 살아남지 못한다는 걸 다 아는지라 더는 나서지 못했다.

"이대로 여기를 잊으실까, 치성 드려 놓고 왔어요. 겨울엔 꼭 다시 와 주십사 하고 금줄로 봉해 놓고 왔으니 다들 지켜 주세요."

금줄을 어기면 마을 전체가 화를 입을 수도 있다고 덧붙이고 싶었으나 참았다.

설경은 말보다 더 효과적인 방법을 알고 있었다. 등에 업혀 잠든 설화가 잘 보이도록 몸을 살짝 돌렸다. 이젠 없는 신당지기의 유일한 딸만큼 강력한 협박은 없었다. 어리더라도 마을 신당의 주인은 설화였다.

"그래, 네가 그렇다면 그런 거지. 어서 들어가라. 찬 기운에 고생했다."

"예. 그리하겠습니다!"

등에서 설화의 움직임이 느껴졌다. 설경은 일이 틀어질까 재빨리 매어 둔 작은 배에 올랐다. 어서 설화와 단둘이 있을 수 있는 신당으로 가고 싶었다. 산길로도 갈 수 있었지만, 배를 타기로 했다. 바다로 흐르는 강을 거슬러 올라가야 했으나, 사람들의 시선을 견디는 일보다는 쉬웠다.

"또, 또 잘난 척이지!"

비난이 바람을 타고 왔다.

"순진한 척, 사람 좋은 척 웃지만 깔보는 느낌이야. 저도 어쩔 수 없는 반쪽이면서!"

"반쪽이면 다행이지. 반쪽은 맞당가? 알 수 없는 게지!"

"고래만 아니면 저깟 것들, 오늘이라도 확 그냥!"

저주가 강물 소리에 실렸다.

설경은 등 뒤 설화를 살폈다. 다행히 아직 잠든 것 같았다. 설화만 듣지 않는다면 비난이든 저주든 다 괜찮았다.

바람을 타고 강물에 흘러 씻길 말들이었다. 이 강에 잠든 어머니가 그리 해 줄 거라 믿었다.

어머니 여경은 이 마을의 신당지기였다. 이곳은 신라 왕족들의 땅, 즉 왕경 끝자락이라 지켜야 할 것이 많았다. 그중에서도 선조들이 새긴 절벽 벽화와 왕족들이 그림과 글을 새기는 바위를 가장 신성시했다. 벽화는 바다로 나아가는 강의 끝 절벽에 있었고, 오래된 그림만 있어 그림 바위라 불렀다. 강의 시작점인 산속 큰 바위에는 글과 그림이 함께 있어 글 바위라 칭했다.

어머니는 그림 바위와 글 바위 사이에 신당을 짓고 나라와 마을의 안녕을 빌었다. 정성껏 마음으로 모시며 하루도 빼먹은 적이 없었다. 그러나 사람들은 그 은혜를 원수로 갚았다. 어머니가 숨을 거두자, 제대로 된 장례도 치르지 않고 이 강에 던졌다. 살아서는 벽화에 붙잡혀 있었으니 자유롭게 살라는 뜻이었다고 하는 촌장의 말을 믿지 않았다. 이미 설경은 너무 많은 말을 들어 버린 후였다.

모름지기 신당지기는 평생을 오롯이 신만 모셔야 했는데, 어머니는 신당을 맡기 전 이미 아이를 둘이나 낳은 상태였다. 아이들의 아버지가 누구냐고 묻는 말엔 입을 꾹 다

물었다. 망한 가야의 귀족이었다는 소문이 무성했지만, 어머니는 아무 말도 하지 않았다. 그러나 마을에서 어머니 혼자만 글을 다룰 줄 알았기에 어머니에게 신당을 맡길 수밖에 없었다. 하지만 아비를 모르는 아이를 둘이나 낳은 자에게 신성한 곳을 맡기는 중죄를 저질렀으니 시신이라도 재물로 바쳐야 마을이 화를 입지 않는다고 했다.

어머니는 자신이 가고 난 후 일어날 모든 일을 용서하라는 말을 남겼다. 그래야 경이가 살고, 설화가 산다고. 어머니의 유언이 아니었다면, 한 걸음도 못 걷고 몸이 약해 대부분의 시간을 잠으로 보내는 설화가 아니었다면 설경 역시 강에 몸을 던졌을 것이다. 아니, 어쩌면 그들을 밀어 버렸을지도 몰랐다.

새삼 치밀어 오르는 화를 참으려 거칠게 노를 젓자, 등 뒤에서 설화가 움직였다.

"오라버니?"

"깼어?"

"응! 고래는 왔어?"

"왔는데, 안 왔다고 거짓말했어."

"어머! 소리를 들은 분들도 있었을 텐데, 부아 났겠네!"

"그러라지! 네 핑계 대고 금줄까지 쳐 놔서 약 좀 오를 거야."

설화가 까르르 웃자, 설경의 등에 후끈한 입김이 느껴졌다. 노를 젓느라 제법 열이 오른 몸이지만, 설화의 뜨거운 기운이 좋았다. 다들 태어나서부터 걷지 못하는 설화를 업고 다니느라 고생한다지만, 잠시도 떨어지지 않아 좋은 건 오히려 설경이었다. 설화는 세상에 남은 유일한 편이었다.

"근데 우리 지금 어디 가?"

"글 바위."

"엄마 그림 보게? 오라버니, 엄마 보고 싶구나!"

"아니거든!"

"그냥 보고 싶다고 해도 될 텐데!"

설화는 또다시 까르르 웃었다. 어머니가 가신 지 5년이나 지났지만 아직도 아픈 설경과 달리, 설화는 어머니 이야기에도 밝았다. 하긴 어머니도 그랬다. 아무리 힘들어도 웃음을 잃지 않았다. 마지막 가는 길에도 웃었다.

"경아, 미안해. 설화 좀 부탁해."

숨이 버거워 몰아쉬면서도 어머니는 남은 힘을 짜내 입가를 올렸다. 그 바람에 설경은 울지 못했다. 오늘까지도.

"오라버니! 저기 남매 고래 보인다! 어부바 고래."

설화가 강가 절벽에 있는 벽화를 가리켰다. 그 손끝엔 커다란 바위에 새겨진 다양한 그림 중 큰 고래 위에 작은 고래가 업힌 그림이 있었다.

"바보야! 저건 어머니와 아기 고래라니까! 어머니가 그러셨어."

"우리처럼 남매가 업고 다닐 수도 있지!"

"아, 그런가? 설화, 네가 맞다. 다 맞아!"

"아니다. 오라버니가 맞아. 이렇게 업어 주고 다 키워 주는데 엄마지 뭐!"

예상치 못한 말에 설경의 눈가가 뜨거워졌다.

"그나저나 저 높은 곳에 그림을 어찌 새겼지? 정말 신이 새긴 건가? 하긴, 신이 만든 거 같긴 해. 종이처럼 반듯한 절벽이 돌아앉아 바람을 피하고, 하늘로 쭉 뻗은 바위로 지붕을 만들어 눈비를 피하고, 게다가 바로 앞까지 깊은 물이 들이치니 보호도 받고. 아, 봐도 봐도 신기해!"

설경의 마음도 모르고 종알거리는 설화 덕분에 설경은 눈을 껌벅거리며 눈물을 참았다.

"오라버니! 오라버니도 그렇게 생각하지?"

"응! 설화 네가 다 맞아!"

주먹으로 대충 눈을 문지른 설경은 더 열심히 노를 저었다. 벽화를 지나면 강폭이 급격히 좁아져 산 쪽으로 물이 흘렀다. 수심이 급히 얕아져 더는 배로 갈 수 없었다. 설경은 배를 한쪽에 대어 놓고, 설화를 업고 있던 끈을 풀러 다시 한번 단단하게 동여맸다.

어려서부터 누워만 있던 설화의 체구는 예닐곱 살 아이와 비슷했다. 그래도 열 살 먹은 아이를 업고 다니는 건 쉬운 일이 아니었다. 그래서 설경은 더 악착같이 챙겨 먹고, 설화가 잠든 새벽엔 산에 오르는 등 체력을 키웠다. 그리 키운 덩치 덕분에 열여섯 또래는 물론이고, 마을 어른들조차 설경을 함부로 대하지 못했다. 설경은 설화를 업고도 가뿐하게 물길을 따라 산길을 올랐다.

조금 멀리 나무 사이로 글 바위가 보였다. 반듯하고 거대한 바위였는데, 마치 거인이 커다란 칼로 산비탈을 쓱쓱 깎아 만든 화폭 같았다. 딱 보기에도 범상치 않았다. 비스듬하게 그늘져 비바람은 물론 강한 햇살도 피할 수 있는 바위였다. 무엇을 새겨 넣어도 이 세상이 끝나지 않는 한, 영원히 남아 있을 것 같았다. 그래서인지 언제부터였는지 가늠

할 수 없을 정도로 오래전부터 사람들은 이 바위에 가장 귀한 것을 새겼다. 가장 절실한 기원을 새기고 담아 정성스레 바위를 모셨다.

"바위에 무언가를 새기는 건, 신에게 그림으로 소원을 비는 거야."

어머니의 말이 떠올랐다. 어머니 역시 이 바위에 그림을 새겨 소원을 빌었다. 말과 사람들이 줄지어 걷고 있는 행렬 그림이었는데, 맨 끝에는 과장되게 크게 그려진 남자가 있었다. 가장자리에 가로선과 세로선이 직각으로 교차하는 무늬의 띠를 덧댄 긴 저고리와, 같은 무늬로 장식된 통 넓은 바지 차림이었다. 바지 아랫단은 훔쳐맨 상태로 코가 높은 신을 신고 있었다. 그림의 크기나 차림새로 보아 최소한 귀족은 되어 보였다. 비록 명을 받고 새긴 그림이었지만, 어머니는 매일 그림을 닦아 내며 뿌듯해했다. 가끔은 애틋하게까지 보여 아버지냐고 묻고 싶었지만, 굳이 그럴 필요가 없었다. 설경을 안아 줄 때와 같은 눈빛이었기 때문이다. 그 모습이 눈에 선해 어머니가 보고 싶을 때마다 이 그림을 찾았다. 지금도 보고픈 마음을 달래러 가는 길이었다.

"어? 오빠, 바위 앞에 누가 있어!"

설화의 말에 고개를 들어 보니, 정말 누군가가 어머니 그림 앞에 서 있었다.

"이게 진짜 입종(立宗)이란 말이지? 아, 옆에 쓰여 있네!"

"입조심하게. 엄연히 사부지갈문왕이란 칭호가 있는데! 아무리 왕위를 잇지 못했어도 절에 계신 법흥왕의 동생이자, 정권까지 맡았던 분인데, 누가 들으면 어쩌려고 그리 함부로 부르나."

"이 산중에 누가 듣는다고 그래. 이럴 때나 불러 보지! 그나저나 누가 새겼는지 붓으로 그려 놓은 것 같네. 바위에 이런 새김이 가능하다니, 엄청난 솜씨네그려."

덧입은 옷으로 추위를 피한 걸 보니 왕족이나 귀족은 아닌 차림새의 사내 둘이 어머니의 그림을 함부로 만지며 평가하고 있었다.

"누구십니까? 여긴 아무나 함부로 들어오면 안 됩니다!"

설경은 일부러 어깨를 펴고 굵은 목소리를 냈다. 사내 둘은 잠시 움찔하더니 돌아서서 설경과 그 등에 업힌 설화를 보고 피식 웃었다.

"네가 여길 지키는 신당지기냐?"

작은 눈이 쪽 찢어져 매서운 인상의 사내가 턱으로 설경을 가리키며 물었다.

"아니요. 신당은 여자만 지킬 수 있어서 동생이 신당지기이고, 전 손발일 뿐입니다!"

"그래? 그럼 이 그림은 누가 그린 거냐?"

"그건 제 어머……."

설경이 대답하려는데 입술이 뒤집어져 메기를 닮은 사내가 그림을 발로 툭툭 찼다. 설경의 눈에서 불꽃이 튀는 순간, 뜻밖의 호통이 들려왔다.

"네 이놈들! 무슨 짓이냐!"

설화였다. 설경도 들어 본 적 없는 힘이 실린 목소리에 고막까지 먹먹했다. 두 사내도 놀랐는지 숨을 멈췄다. 물소리도 새소리도 멈춘 듯한 침묵이 계곡에 흘렀다.

"여긴 왕경 중에서도 가장 신성한 서석곡이다. 아무리 하찮은 것들이라 해도 그걸 모르다니! 어서 글 바위에서 떨어지거라!"

낮았지만, 여전히 힘이 실린 설화의 목소리에 사내 둘은 쭈뼛거리며 바위에서 두어 걸음 물러났다. 그제야 설화가 몸에 기운을 빼고 설경의 등에 툭 기댔다. 급작스레 기운을 쏟은 탓인지 다시 잠든 것 같았다.

"고것 참 맵구먼."

"피가 어디 가겠어?"

체면은 차리고 싶었는지 둘은 연신 헛기침을 해댔다. 설경은 피식 새어 나오는 웃음을 참고 물었다.

"근데 여긴 어쩐 일로 오셨습니까?"

"흠흠. 우리도 왕족의 명으로 온 것이다."

작은 눈의 사내가 대답하자, 메기 입술 사내가 더 이야기하라는 듯 팔을 툭툭 쳤다.

"왕족의 명이긴 한데, 비밀리에 일을 해내야 해."

"무슨 명인데요? 여긴 허락 없이 못 오는 곳이라 주변에 아무도 없습니다."

설경이 재촉하자 이번엔 메기 입술이 대답했다.

"여기 이 그림을 갈아 내고, 글을 새겨야 해!"

"뭐라고요? 아니, 왜요?"

설경이 흥분하자, 이번엔 사내 둘이 설경에게 목소리를 낮추라고 손짓했다.

"아니, 그게 그리 흥분할 일이냐? 진정해라!"

"그게 아니라 새긴 적은 있어도 갈아 내는 건 처음이라 놀라서 그렇지요."

"너는 산속에 살고 어려서 잘 모르겠지만, 궁은 여간 복잡한 곳이 아니야! 여기에 이 글을 새겨야 해! 임금님을 만드는 일이라고!"

메기 입술이 글을 넣어 둔 듯한 가슴을 탁탁 치며 으스댔다. 쓸데없는 말까지 한다며 작은 눈이 눈을 흘겼지만, 뭐 어떠냐며 어깨를 으쓱했다.

"그러니까, 우린 정말 중요한 일을 하러 온 거라고! 알겠냐?"

설경은 뭐라 대답해야 할지 몰랐다. 아버지일지도 모른다고 생각했던 그림 속 남자가 왕족이었다니 놀랐지만, 그게 문제가 아니었다. 어머니의 그림이 사라질 위기에 처해 있었다.

"아재들!"

설경은 설화 핑계를 대기로 했다. 방금 보여 준 위엄이면 믿을 것 같았다.

"여기는 신성 바위라서 제를 올리고 갈아 내야 해요. 안 그러면 살 맞을걸요?"

"뭐? 살을 맞는다고?"

"네! 왕족이 아닌 사람이 바위에 뭘 새기려면 신에게 허락을 구하는 제를 올려야 해요. 안 그럼 산신님 밥이 될 거예요. 뭐 이미 당한 사람도 여럿이고요."

설경이 산 깊은 곳을 가리켰다. 설경의 손을 따라 울창한 산세를 둘러본 아재들은 진짜 호랑이라도 본 듯 몸서리를 쳤다.

"당연히 모르셨겠지요. 그건 산속에 살고 어려서부터 신당지기 어머니를 모신 우리나 알지!"

설경은 받은 말을 돌려줬다. 그리고 업혀 있는 설화를 슬며시 보여 주는 걸로 확인까지 했다.

"그, 그렇구나. 그럼 어찌해야 하냐?"

"내일 제를 올릴 고기와 술 그리고 종이와 먹을 준비해서 다시 오셔요!"

"고기와 술은 알겠는데, 종이와 먹은 왜?"

"신이 허락한 그림을 남겨야지요. 큰일 날 분들이네!"

설경은 일부러 호들갑스럽게 눈을 뜨고 목소리를 높였다. 그러자 둘의 말이 흘렀다.

"아니, 흔적도 없이 갈아 내고 글을 새겨야 한다고 했는데!"

"어찌지? 지소부인이 가만두지 않을 텐데······."

"아니 그렇다고 살을 맞을 순 없지 않은가!"

둘은 산속을 바라보고 다시 팔뚝에 오소소 돋은 소름을 털어 냈다.

"그럼, 아재들! 그림은 제가 가지고 있다가 동생에게 태우라고 할게요. 신당지기 핏줄이니 우린 괜찮을 겁니다!"

잠시 눈을 맞춘 아재들은 고개를 끄덕였다.

"그럼, 그렇게 하지. 내일 동틀 무렵 다시 올 터이니 준비하고 있게!"

"예! 염려 마십쇼!"

설경은 사람 좋은 웃음으로 아재들을 안심시켰다. 둘은 다행이라며 바위를 떠났다.

잠든 설화와 설경 단둘만 남자, 계곡물 흐르는 소리와 멀리 새소리만 들렸다. 다 떠오른 햇살이 설경과 설화를 비추자 문득 방금 있었던 소동이 꿈처럼 느껴졌다.

설경은 그림 속 남자의 생김새를 찬찬히 살펴보았다. 어찌나 세밀하게 새겼는지 오뚝 솟은 콧날과 턱선은 날렵했고, 입가엔 은은한 미소가 올라 있었다. 새삼 어머니의 세공 솜씨에 감탄했다. 어머니의 정성이 가득 들어가서 그런지, 그림 속 남자를 보고 있으면 어머니를 보는 것 같았다.

몸과 마음이 지칠 때면 그림을 봤다. 한참 보고 있으면 마음이 차분해지고, 몸에는 온기가 돌았다.

신당으로 발걸음을 옮기며 설경은 언젠가 어머니와 나눴던 대화를 떠올렸다.

한번은 에둘러 그림의 주인공이 누군지 어머니에게 물었다. 어머니는 우리를 지켜 줄 가장 소중한 사람이라고만 얘기하며 뺨을 붉혔다. 예상치 못한 대답이라 너무 놀라 더 이상 묻지 못했다.

'아버지냐고 물어나 볼걸. 아니, 적어도 누군지는 알아둘걸.'

걷다 보니 얼핏 맡으면 나무 냄새 같지만, 좀 더 깊은 향이 은은하게 느껴졌다. 신당의 향 내음이었다. 향 내음을 꺼려 신당 근처에 오는 것을 싫어하는 사람도 있었다. 하지만 설경에게는 어머니 품속에 있는 듯한 내음이었다. 어머니는 하루가 끝나면 꼭 향을 피웠다. 깊은 잠을 불러오고 심신을 편안하게 해 주는 효과가 있다고 했다.

신당에 들어선 설경은 하루 종일 업고 다녔던 설화를 신당 안쪽 털가죽 위에 조심스레 내려놓았다. 설경도 향부터 피우고 내내 힘주었던 허리를 풀고 기지개를 켰다. 뭉쳤던

근육이 늘어나자, 신음 소리가 절로 나왔다. 소리가 너무 커 두 손으로 입을 막고 설화를 내려다보았다.

새벽부터 고생해서 그런지 설화는 미간을 살짝 찌푸리며 손으로 목을 더듬었다. 설경은 설화의 목에서 야광조개를 엮어 만든 목걸이를 찾아냈다. 밤에도 빛나는 야광조개 목걸이는 어머니의 유품이었다. 매일 밤 설화는 그 목걸이를 쥐고 잠이 들었다. 설경은 야광조개 목걸이를 설화 손에 쥐여 줬다. 그제야 설화가 다시 잠들었다.

미간이 펴지지 않은 채로 잠든 모습을 보니 설경의 마음이 좋지 않았다.

'오라비가 잘못했다. 아버지를 알아 두었더라면 네가 덜 힘들었을 텐데.'

어머니가 떠난 후, 마을 사람들이 이리 적대적으로 대할 줄 알았다면 그림 속 인물이 아버지라는 확언을 받아 두었어야 했다. 더군다나 왕족이었다면 더는 설화를 업고 다니지 않을 수도 있었다.

찰싹!

순간 정신을 차린 설경은 스스로 뺨을 세게 쳤다.

'지금 설화를 내려놓으려고 한 거야? 미쳤네! 그것도 우

릴 버린 사람에게?'

머리를 세게 흔들며 움직이자, 설화가 중얼거렸다.

"보내."

"응? 뭐라고? 그게 무슨 소리야."

설경은 마음을 들키기라도 한 듯 당황했지만, 설화는 더 말하지 않았다. 잠꼬대 같았지만, 너무 절묘한 말이라 마음이 무너졌다.

'설화야. 난 너를 절대 놓지 않을 거야. 너 때문이 아니라 나 때문에! 너를 지키려고 내가 사는 거야!'

두 주먹을 불끈 쥐며 다짐하는데, 밖에서 설경을 부르는 소리가 들렸다.

"거기 있는가?"

느낌이 좋지 않았다. 신당까지 촌장이 찾아오는 일은 흔하지 않았고, 새벽의 고래 일도 마음에 걸렸다.

"저 여기 있습니다. 나갈게요."

설경은 신당을 나와 마을로 이어지는 좁은 산길을 따라 내려갔다. 언 땅이 녹은 산길은 좀 질퍽거렸다. 겨우내 신어 닳은 미투리가 간간이 미끄러졌다. 조심조심 내려가자, 출입 금지를 알리는 말뚝 앞에 촌장과 마을 사람들 서넛이 있었다. 왕경과 마을의 경계라 촌장도 맘대로 들어오지는 못했다.

'오늘 아주 날 잡았나. 다들 왜 이래?'

삐쭉 솟은 마음을 감추고 설경은 환하게 웃으며 공손하게 허리를 굽혔다.

"어쩐 일이십니까."

"상의할 일이 있어서 왔네. 들어가도 되겠나?"

"아니, 그냥 여기서 이야기하시지요."

"하긴, 안에는 설화도 있을 테니."

멀리서 뻐꾸기 소리가 들려왔다. 설경은 문득 오늘은 더는 아무 소리도 듣고 싶지 않다는 충동을 느꼈다. 그냥 이대로 들어가 설화와 낮잠을 늘어지게 자고 싶었다.

"그게, 설화를 보내게 되었어!"

"언제요? 치성 올릴 곳이 생겼어요?"

설경의 물음에 다들 입을 열지 않았다. 새벽엔 멱살이라도 잡을 듯 굴었던 사람들이 설경의 눈을 피하고 있었다.

"아니, 어딘데요? 많이 멀어요?"

"그게 아니라……."

"내가 이야기함세!"

드디어 촌장이 나섰다.

"그제 사척간(沙尺干; 신라 초기 창녕 지방 관직)이 죽었다네. 그 장례에 설화를 쓰기로 했어!"

"아니 왜 그 장례에 설화를…… 그 정도 관리면 제사장을 모시지 않아요?"

"그게 아니라, 사척간이 가야 사람 아닌가. 그래서 가야 출신의 여아가 필요하다는군."

"네? 그게 무슨…… 설마……?"

"맞네. 순장될 아이로 설화를 택했다네!"

삐-

귀에서 쇳소리가 났다. 촌장이 말을 덧붙였지만 들리지 않았고, 주변이 새하얗게 변했다. 안개가 낀 듯 같이 온 사람들도, 주변 나무들도 보이지 않고 오로지 웅얼거리는 촌장의 입만 보였다.

설경은 자기도 모르게 손을 뻗어 촌장의 멱살을 움켜잡았다. 키가 겨우 설경의 턱에 닿는 촌장이 눈높이로 들어올려졌다.

"지금 뭐라 했어? 누굴 어디로 보내?"

급작스럽게 당한 촌장의 얼굴이 뻘겋게 되어 캑캑대자

그제야 주변 사람들이 달려들었다. 처음엔 버텼지만, 세 명이 한꺼번에 달려들자, 설경도 어쩔 수 없이 넘어졌다. 그 와중에도 촌장의 옷깃만은 놓지 않아 같이 넘어져 뒹굴었다. 설경의 손힘을 못 이긴 촌장은 겉옷을 벗어 버렸다. 부축을 받고 일어선 촌장은 설경을 노려보았다. 함께 뒹구느라 머리도 흐트러지고 얼굴도 진흙투성이였지만 눈빛만은 형형했다. 설경은 이길 수 없음을 깨달았다.

"그러게 고래를 제때 불렀어야지. 마을 사람들 모두가 굶어 죽게 생겼는데 고집을 부려?"

"꼬마 계집애가 신당지기라고 그리 허세를 부리더니, 그래도 죽을 땐 귀족으로 죽겠네!"

송곳 같은 말이 가슴을 후벼 팠다.

"잘못했어요. 제가 고래를 부를게요. 아니, 잡기도 할게요. 설화 업고도 할 수 있어요!"

설경은 질척거리는 바닥에 무릎을 꿇고 두 손을 모아 빌었다. 하지만 비웃음이 돌아왔다.

"늦었어! 이미 설화를 보내기로 하고 올해 먹을 수 있는 마을 양식을 받았어!"

'이미'라는 말에 기운이 쭉 빠졌다. 어차피 정해졌던 일이었다.

"그럼, 오늘 낮에 고래를 불렀어도 소용없었던 거네요."

"아니, 뭐 또 그건 그거고!"

촌장이 또다시 설경의 눈을 피하며 입을 열었다.

"가야의 귀족이었다고, 글자를 다룰 줄 안다고 마을에 도움이 되는 것은 무엇이든 하겠다고 말한 건 네 어미였다. 평생 먹고살게 해 줬으면 이 정도는 해야지!"

촌장은 할 말을 다 했다는 듯 손을 탁탁 털고 돌아섰다. 하지만 이내 걸음을 멈추고 한마디 덧붙였다.

"도망갈 생각은 하지 마라. 돌아가면서 불침번을 설 거고, 달아나다 걸리면 그 자리에서 끝낼 거다."

거짓이 아니었다. 촌장과 함께 온 사람 중 한 명만 따라 내려가고, 나머지 둘은 말뚝 옆에 서서 갈 생각을 하지 않았다.

설경은 자꾸만 다리가 풀려 미끄러졌지만, 다시 일어났다. 신당으로 들어가려다가 무슨 마음에선지 방향을 틀어 글 바위 앞 냇가로 갔다.

봄 햇살을 받아 얼음은 다 녹았지만, 산에서 내려오는 계곡물은 쨍하게 차가웠다.

설경은 거침없이 물로 들어갔다. 몸을 담그고 여기저기 씻어 냈다. 그것도 성에 차지 않았는지 조금 더 깊은 곳으로 들어갔다. 물이 가슴팍까지 차오르자, 다리를 굽혀 머리까지 물속에 넣었다. 머리카락 사이사이까지 차가운 물이 스몄다. 울컥울컥 올라오던 뜨거운 것이 좀 가라앉았다. 화가 날 때마다 이리 자맥질하는 버릇이 있어, 어머니가 "설경 네가 고래더냐" 하며 놀리던 목소리가 떠올랐다.

'그래, 난 엄마 고래야. 설화를 지켜야 해!'

멍청하게 당하고 있을 수는 없었다. 어떻게든 설화를 살릴 방법을 찾아야 했다. 설경은 숨을 참을 수 있을 때까지 버티다 물 밖으로 나왔다. 물이 뚝뚝 떨어지는 그대로 글바위 앞 넓은 자리에 하늘을 보고 누웠다. 오전 내내 햇살을 머금었던 바위가 설경을 따스하게 품어 주었다. 누운 채로 고개를 돌려 어머니의 그림을 보았다.

'어머니, 어쩌죠? 혼자선 안 될 것 같아요. 도와주세요!'

그때였다. 얼핏 무언가가 떠올랐다.

'그래, 어쩌면 그림 속 남자가 우릴 구해 줄 수도 있어.'

설경은 벌떡 일어나 신당으로 향했다. 생각해 보니 종일 아무것도 먹지 못했다. 설경이 못 먹었으니, 설화도 마찬

가지였다. 일단 기운을 차려야 했다. 아까 그 아재들이 내일 새벽 다시 온다고 했으니, 그 전까지 방법을 생각해야 했다.

'불을 때서 따뜻한 밥을 지어 먹어야겠다.'

길고 길었던 하루가 갑자기 짧게 느껴졌다.

밥을 먹이고, 설화를 씻겨 재웠다. 고단한 하루였지만, 설경은 한숨도 자지 못했다.

동트기 전에 신당을 나와 글 바위로 향했다. 제발 살려 달라는 말 외에는 아무 생각도 떠오르지 않았다. 뒤를 따르는 인기척을 느꼈지만, 개의치 않았다. 남매를 감시하는 마을 사람이겠거니 했다.

어머니 그림 앞에 도착한 설경은 바닥에 털썩 주저앉았다. 그리고 그림을 바라보았다. 한참 시간이 지났는지 어느새 글 바위에 해가 들었다. 얼마나 앉아 있었는지 그림 속 남자와 이야기를 나눈 기분이었다.

"벌써 나와 있던 게야?"

고개를 돌리니, 작은 눈 아재와 메기 입술 아재가 서 있었다. 그런데 뒤에 또 누군가가 있었다. 보라색 긴 저고리에 금박으로 장식된 저고리를 입은 여인과 그 뒤로 짐꾼 몇

이 있었다. 여인은 검은 천을 내린 갓을 쓰고 있어 얼굴이 보이지는 않았지만 딱 보기에도 지체 높은 여인임이 분명했다.

설경이 앉은 채로 빤히 쳐다보자, 작은 눈 아재가 등짝을 내리쳤다.

"어디 마마님을 그리 쳐다보느냐! 어서 썩 일어나거라."

한 대 더 내리치려고 하자, 여인이 멈추라는 듯 손짓했다. 그러자 거칠었던 두 아재가 공손히 고개를 숙였다.

"잠깐만 비켜나 있어."

메기 입술의 말에 설경은 일어나 멀찍이 물러섰다. 힐끔힐끔 훔쳐보니, 마마님이라 불린 여인은 그림을 한참 바라보다 손을 뻗어 그림 속 남자를 쓰다듬었다. 어머니가 하던 행동이었다.

'누구지? 가족인가?'

여인은 잠시 머뭇거리다가 뭐라 몇 마디를 더 이르고 발걸음을 옮겼다. 같이 온 사람들이 챙겨 온 짐들을 내려놓고 자리를 떴다.

사람들이 모두 떠나자 설경은 두 아재에게 다가갔다.

"제는 저랑 누이가 새벽에 미리 올렸습니다."

"그럼 이 음식들은 어쩌지?"

"바위에 손댈 때마다 인사드려야 하니 두시면 또 쓰겠습니다!"

설경은 사람들이 두고 간 보따리를 풀어 종이와 먹을 꺼냈다. 두 아재가 한다는 걸 산신 핑계를 대며 말리고, 직접 그림의 본을 뜰 준비를 했다.

일단 냇가에서 떠온 물로 바위의 그림을 씻어 냈다. 붓으로 쌓인 먼지와 나뭇잎을 털어 내고, 깨끗한 천으로 꼼꼼히 닦았다.

"아재들! 종이 좀 펼쳐서 이 바위에 붙여 주세요! 동시에 붙이셔야 해요. 한쪽이 기울면 찢어집니다!"

"알았다. 근데 넌 어찌 이런 것도 알고 있냐?"

"어머니께 배웠지요. 이 그림도 저의 어머니가 그리셨어요."

설경은 천에 좁쌀을 넣어 동그랗게 만들며 대답했다.

"지금부터가 중요해요. 바위와 종이 사이에 공기가 들어가면 안 되거든요! 꼭 붙들고 계셔요. 그림이라도 제대로 남겨 놓지 않으면…… 아시죠? 산신!"

일부러 힘주어 말하니, 두 아재는 동시에 고개를 크게 끄덕였다. 설경은 좁쌀 넣은 천으로 바위 전체를 톡톡 두드렸다. 바위에 남아 있는 물기로 종이가 밀착될 수 있도록 최대한 세밀하게 두드렸다. 하지만 울퉁불퉁한 바위에 종이가 제대로 붙을 리가 없었다.

좁쌀 주머니에 물을 아주 살짝 묻히고 그림의 선을 따라 두드리니 선 있는 부분이 하얗게 드러났다.

"이제 좀 기다려야 해요."

설경은 아재들이 바위에서 떨어지지 못하도록 한 뒤, 가지고 온 보따리를 풀었다. 설화랑 보름은 먹을 수 있을 정도의 양이었다. 왕족이라더니, 평소에 보지 못했던 진귀한 음식들이 많았다. 특히 대신 살을 맞을 희생 제물을 준비하라고 했더니, 고기가 가득했다.

'평소라면 한동안 설화랑 행복했을 텐데……'

맛있는 냄새에도 입안이 깔깔했다. 하지만 아직 기회는 남아 있었다. 설경은 음식을 조금씩 덜어 내 글 바위 뒤쪽으로 갔다. 예상대로 바위에서 조금 떨어진 곳에 마을 사람이 설경을 감시하고 있었다.

"아지매, 이거 가지고 설화랑 둘이 드소! 제 지낸 거니까 설화부터 들게 하시고 드셔야 뒤탈 없어요. 아시죠?"

음식을 받아 든 마을 아지매의 눈에 망설임이 비쳤다.

"도망 안 가요. 설화를 두고 제가 어딜 가요! 아시면서."

그제야 고개를 끄덕인 아지매는 음식을 들고 신당 쪽으로 향했다.

다시 제자리로 돌아온 설경은 두 아재 옆에 앉아 벼루에 물을 넣고 먹을 갈았다. 먹물을 만들며 무심한 척 말을 걸었다.

"근데요, 이 그림 주인공이 왕족이에요?"

"그럼! 왕족일 뿐 아니라 성골 중의 성골인 임금님 동생이지!"

지루해하던 메기 입술이 마침 잘되었다는 듯 말을 쏟아냈다.

'임금님의 동생이면 우리 정도는 거뜬히 구해 줄 수 있는 거 아닌가?'

설경의 마음에 한 줄기 빛이 들어왔다. 하지만, 거기까지였다.

"그뿐이냐! 아들 없는 임금님의 뒤를 이을 분이었지."

"이을 분이었다고요? 그럼, 지금은 아니라는 건가요?"

"아, 그게 작년에 돌아가셨어. 아니, 뒤를 이으라 했더니,

먼저 가실 줄 누가 알았겠나!"

"네?"

설경은 갈던 먹을 떨어트렸다. 바닥에 먹물이 튀었고, 설경의 바지도 검게 물들었다.

"아아, 걱정은 말거라. 후사를 남기셨다더라. 아직 어리지만, 마마님께서 잘 보필하실 거라고 다들 믿더라고!"

설경의 마음을 모르는 메기 입술은 웃으며 묻지도 않은 말을 덧붙였다.

"지금 우리가 하는 이 일도 그 어린 아들을 임금님 만드는 일이야!"

"······."

메기 입술이 주변을 살피더니 가슴에서 봉투 하나를 꺼냈다.

"내가 전에 이야기했잖아. 이 글은 임금님을 만드는 글이라고!"

설경은 메기 입술에게서 봉투를 잡아채 글이 적힌 종이를 꺼냈다. 당황한 메기 입술은 다시 봉투를 빼앗으려 했지만, 바위에 붙은 종이에서 손을 뗄 수 없었다. 설경은 욕은 좀 먹었지만, 별 방해 없이 글을 읽었다. 지난 을사년에 갈문왕이 여러 사람과 이곳을 다녀갔다는 평범한 글이었다. 온몸에 기운이 쭉 빠졌다. 마지막 남았던 기대가 미풍에 날아갔다.

"이게 왜 임금님이 될 글이죠?"

"뭐야? 너 글도 읽을 줄 아냐?"

"글 바위는 글을 읽을 줄 아는 사람이 모셔야 한다고 해서 어머니께 배웠어요. 근데 이 평범한 글이 어떻게 임금님을 만들어요? 그림이 더 낫지 않아요? 이것도 을사년에 새겨진 건데요."

"아, 왔다 갔다는 게 중요한 게 아니야. 누구랑 왔다 갔는지가 중요한 거지. 갈문왕과 다른 사람들이 있는 그림을 갈아 내고, 그 자리에 마마님과 갈문왕이 함께 다녀갔다고 새겨 넣으면, 다들 을사년부터 두 분이 함께했다고 믿을 거 아니겠어? 그림을 고치기엔 티가 많이 나니 말이지. 그리고 내년쯤 마마님이 아드님을 데리고 여길 오시면, 그게 어떤 뜻이겠어?"

"……."

"마마님과 갈문왕의 추억이 깃든 곳에 데리고 온 아이, 즉 갈문왕의 아들을 사람들에게 선뵈는 거지. 어차피 지금

왕에겐 후사가 없으니, 이 아이가 갈문왕을 대신해 왕위를 이을 거니 잘 보라고 말이지!"

메기 입술이 입가에 거품까지 물고 신나서 떠들었다.

"아이고, 궁궐 밥 좀 먹었다고 귀족 납셨네! 뭘 알고나 지껄이는 건가?"

"그럴 리가 있나. 자네나 나나 까막눈이라 이 일에 뽑힌 건데!"

"근데 뭘 그리 자세히 알아?"

"궁금해서 참을 수가 있어야지. 내가 궁녀에게 곶감 한 상자나 주고 알아낸 이야기라고!"

두 아재의 죽이 잘 맞는 대화가 설경에게는 하나도 들리지 않았다.

'죽었다. 우리를 살려 줄 그가 죽었다.'

그저 같은 말만 입안에 맴돌았다.

설경은 좁쌀 주머니에 먹물을 살짝 묻혔다. 물기가 마른 종이에 그림 선을 따라 톡톡 문질렀다. 어머니가 그린 선이 종이에 나타났다.

"옳거니! 이리 그림을 따 내는 거구만?"

흥이 난 메기 입술이 외쳤지만, 설경은 대답하지 않았다.

수천 번을 닦고 본 그림이라서 눈을 감고도 위치를 찾아낼 수 있었다. 설경은 망설임 없이 좁쌀 주머니로 먹물을 찍어 그림의 본을 떴다. 이제 곧 사라질 어머니의 그림, 이미 사라진 그림 속 주인공, 거기에 설화까지. 설경만 두고 모두 사라지려고 했다.

설경은 종이를 바닥에 놓고 그 앞에 무릎을 꿇고 꺼이꺼이 울었다. 어머니가 돌아가셨을 때도 못 뱉었던 짐승 같은 울음이었다. 아재 둘이 무슨 일이냐 물었지만, 닿는 손길을 뿌리치고 설움을 뿜어냈다. 잠시 당황하던 아재들은 조금 멀리 떨어져 기다려 주었다.

누구의 눈치도 보지 않고 한참을 실컷 울고 나니, 몸이 가벼워졌다. 쌓인 억울함도 빠져나왔는지 마음까지 홀가분해졌다.

'이제 됐다. 그냥 사라지진 않을 거야.'

설경은 그림을 곱게 접어 가슴에 품었다. 그리고 방금까지 대성통곡하던 사람이 맞나 싶을 정도로 가뿐하게 벌떡 일어났다.

"아재들! 이제 끝났어요. 일 시작하세요!"

쾌청해진 목소리에 두 아재는 잠시 어리둥절했지만, 곧

웃었다.

"그래? 거봐 내가 뭐라 하지 않았는가. 산신 들으라고 운 거라니까!"

"거참, 우리도 우리지만 너도 참 힘들겠다. 좀 쉬어! 기운 다 빠졌겠네!"

이제 우리 차례라면서 두 아재는 어깨를 돌리며 몸을 푼 뒤, 바위를 긁어낼 끌과 정을 꺼냈다.

사각사각.

끌이 지나간 자리에 행렬을 따르던 말과 사람들이 사라졌다.

쩡쩡.

정이 지나간 자리에 은은한 미소와 화려한 무늬의 저고리도 사라졌다. 바위를 긁고 쪼는 아재들도, 지켜보는 설경도 말이 없었다.

어느덧 해가 산그림자를 만들어 내고 있었다. 숨 돌릴 틈도 없이 집중했지만, 아직 위쪽엔 말 한 필이, 아래쪽엔 바지와 신발이 남아 있었다.

"아재들, 오늘까지 해야 한다고 하지 않았어요?"

"그러게. 무른 바위라 생각했는데 글을 쓸 판을 만드는 게 쉽지 않군."

"나머지는 그냥 두시죠? 지금 봐도 무슨 그림인지 모르겠는데요. 곧 해가 진다고요!"

설경은 턱짓으로 산 깊은 곳을 가리켰다. 두 아재는 서로의 눈을 바라보다 고개를 끄덕였다.

둘은 끌과 정, 나무망치를 내려놓고 끝이 뾰족한 하얀 막대기를 꺼냈다.

"그건 뭐예요?"

"네가 모르는 것도 있구나? 이거 고래 뼈야!"

"네? 고래 뼈를 왜요?"

"이걸로 글씨를 먼저 새겨 놓고 그 위에 정으로 쪼려고."

"아……."

"우리처럼 글자를 모르는 사람들은 이렇게 해야 실수가 없어!"

글자를 모르는 사람이 글을 새겨 넣는다니. 순간 설경은 머리가 맑아짐을 느꼈다.

"아재들! 저도 도울게요. 시간도 없는데!"

"네가?"

"고래 뼈 글씨는 글 아는 제가 쓸게요. 아재들은 정으로 글씨를 새기세요!"

예상치 못한 제안에 아재들은 쉽게 대답하지 못했다.

"내키지 않으시면 그만두셔요. 전 시간이 부족해 보이길래 도와드리려 했죠. 근데 아시죠? 산은 해가 더 빨리 저물어요. 산신님이 노하실지도 모르고요!"

설경은 고개를 쭉 빼고 해를 한번 쳐다보았다.

"그래! 같이 하자."

메기 입술 아재가 고래 뼈를 설경에게 넘겼다. 작은 눈 아재가 잠시 째려보았지만, 적극적으로 말리진 않았다. 깊은 밤 산신은 아이나 어른이나 모두에게 두려운 존재였다.

설경은 글 종이를 가만히 바라보다가 양쪽에 한 줄씩 적었다.

"아니, 글을 모르는 우리도 글이 한쪽으로 흐르는 걸 아는데, 왜 이리 정신없게 쓰냐?"

"지금 우리에겐 내용보다 시간이 더 중요하잖아요. 제가 이리 써 놔야 양쪽에서 작업하시죠!"

"맞네! 너 참 똑소리 난다! 내 밑으로 들어올래?"

"제 동생도 받아 주시면 갈게요! 나중에 딴말 말기예요!"

설경은 오늘 처음으로 웃으며 고래 뼈를 잡은 손에 힘을 주었다. 손에 쥔 종이를 여러 번 들여다보고 꼼꼼하게 써넣었다.

어느새 해가 많이 기울어 어둑어둑해졌고, 계곡엔 돌을 긁어내는 소리만 울렸다. 거의 끝나가고 있었다. 설경은 정신을 바짝 차려 양쪽에 한 줄씩 새겨 넣고 제일 가운데 한 줄은 일부러 비워 두었다.

"다 되었나?"

"어디 보자. 어? 여기가 왜 비지?"

당황한 두 아재는 설경에게서 종이를 빼앗아 들고 글자를 확인하기 시작했다.

"아니, 다 맞는데?"

"아이고! 아재들요. 겨우 세 글자 빠졌어요. 자리도 가운데에 딱 만들어 놨고!"

설경은 도로 종이를 빼앗고 설명을 시작했다.

"여기는 내일 새벽 제 동생이랑 치성을 드리고 제가 새겨 넣을게요! 마무리는 늘 치성 드리고 끝내야 하는 거 모르셨어요? 아, 맞네. 모르시는 게 당연하지."

"응? 마지막까지 그래야 해?"

"그러게. 마마님께선 그런 말씀 없으셨는데?"

이번엔 둘 다 쉽게 물러서지 않았다.

"아이고, 아재들. 마마님이 그런 걸 어찌 아세요. 매번 제 사장들 시키고, 아랫사람들이 해 놓은 거 구경만 하시는데!"

작은 눈 아재가 뒷머리를 긁적였다. 주먹밥 하나 먹고 하루 종일 일한 터라 눈이 퀭했다.

"그, 그런가?"

"시작할 때 드리고, 끝낼 때도 드려야죠. 그래서 음식이 저리 많은 거랍니다!"

둘은 음식에 눈길을 주면서도 포기하지 않았다.

"그럼, 우리가 기다릴 테니 어서 동생 데리고 오게."

"그러자고. 아무래도 우리 눈으로 끝을 확인해야 마음이 편하겠어."

설경은 목소리를 더 높여 수선을 떨었다.

"지금이요? 저야 괜찮지만, 아재들 저 뒤 좀 보세요. 해 넘어가요. 두 분 내려갈 시간도 얼마 안 남았다고요!"

"아니, 그건 우리도 아는데 이게 잘못되면 우리 목숨도 위험하다고!"

"아휴 참. 그럼, 내일 와서 보시면 될 걸 가지고!"

설경이 글 종이를 품에 넣고, 주섬주섬 음식을 챙기며 바위에서 몰아내자, 두 아재도 얼결에 짐을 챙겼다.

"아재! 고래 뼈랑 정 하나는 주고 가요! 글씨를 마저 새겨야죠!"

"그래, 그럼 이건 너 해라. 그리고 나중에 꼭 나 찾아와!"

"네! 감사했어요!"

설경은 고래 뼈와 정을 바위 뒤에 숨겨 두고, 아재 둘을 신당 앞 출입 금지 말뚝까지 데려다주었다. 말뚝 앞에는 낮에 있던 아지매가 아닌, 아침에 왔던 남자 둘이 서 있었다. 고개를 살짝 숙여 인사했지만, 받지 않았다.

'그러라지.'

설경은 온종일 혼자 있었을 설화를 떠올렸다. 이리 오래 떨어져 있던 건 어머니가 돌아가신 이후 처음이었다. 서둘러 신당 안으로 들어갔다. 털가죽에 누워 있던 설화가 몸을 일으켰다.

"왔어?"

"응! 오늘 종일 심심했지?"

"아니, 오라버니가 보내 준 음식 먹으면서 아지매랑 이런저런 이야기했어."

음식을 같이 먹으라 해서 그런지 아지매가 잘해 준 모양이었다. 설화의 표정이 편안해 보였다.

"오랜만에 배부르게 먹어 기분이 좋구나?"

"응! 기운이 막 샘솟아!"

"정말?"

"응! 그러니까 내 걱정하지 마."

설경은 향을 피우다 말고 설화를 돌아보았다.

"그게 무슨 소리야?"

"나 다 들었어. 내가 가야 한다며."

"아니, 그 얘길 왜 한 거야! 내 이 아지매를 당장!"

설경은 너무 화가 나서 뛰쳐나가려는데 설화가 말렸다.

"가지 마! 오라버니. 우리가 함께할 시간만 짧아지잖아!"

물기 어린 설화의 목소리에 설경은 나가려던 발걸음을 멈췄다. 그리고 설화 곁으로 다가가 옆에 앉았다.

"너, 어부바 고래 그림 기억나?"

"응."

"너 그거 어머니가 아기를 걱정해서 업고 다닌 거 같지?"

"그럼 아니야?"

"아니야. 아기 없이는 어머니도 못 살 것 같아서 업고 다닌 거야."

"피, 그걸 오라버니가 어떻게 알아!"

"어머니가 말해 주셨는데, 그땐 안 믿었거든? 근데 지금 생각하니, 어머니가 맞아."

"……."

"난 너 없이 안 돼. 설화야, 우린 끝까지 함께할 거야. 오라버니만 믿어!"

설화는 뭐라 더 말하고 싶은 것 같았지만 설경은 고개를 살짝 저으며 자리에서 일어나, 가져온 음식 중에서 닭고기를 꺼내 그릇에 덜었다. 종일 굶었던 탓에 입안에 침이 고였다. 당장 삼키고 싶었지만, 설경은 꾹 참으며 어머니가 아끼던 향 상자를 꺼냈다. 그리고 가장 안쪽에서 하얀 나무로 만든 향을 꺼내 들었다.

백단이라고 했다. 굉장히 귀한 것이라며 내내 향만 맡다가, 설화가 며칠을 앓으며 잠들지 못할 때 피웠다. 향을 피우면 설화뿐 아니라, 어머니와 설경도 푹 잠들었다.

이번에도 설화를 위해 써야 했다. 설경은 백단향을 잘게 빻아 닭고기에 뿌렸다. 그러고는 그릇을 들고 신당을 나가 말뚝으로 향했다.

"아재들. 이거 드세요!"

설경은 감시하던 두 사람에게 닭고기 그릇을 내밀었다. 둘은 무슨 일인가 싶어 받지도 못하고 우물거렸다. 하지만 고기에서 눈을 떼지 못했다.

"오늘 왕족이 다녀갔어요. 음식이 많아 버릴 것 같아 드리는 거예요. 오늘 덕분에 설화를 두고 갈 수도 있었고요!"

설경은 별거 아니라는 듯 대충 건넸다. 그래도 받지 않자, 설경은 작전을 바꿨다.

"밖에서 드시기가 좀 그런가요? 촌장님이 보시면 안 될 테니. 그럼 들어오세요!"

설경이 신당 문까지 열자, 둘은 쭈뼛거리며 들어왔다.

설경은 상 위에 들고 나갔던 접시를 내려놓고 돌아서 덜어 내고 남은 닭고기를 먹었다. 설경이 입안 가득 고기를 넣고 우물대는 걸 보자, 도저히 못 참겠는지 그제야 둘도 앉아서 접시에 코를 박고 먹기 시작했다.

"목마르죠? 이것도 드세요!"

보따리에서 술도 꺼내 따랐다.

"아이고! 맛나다. 너희 남매한테 내 이러면 안 되는데. 아이고, 참."

"그러니까. 내가 반대하자고 안 했나."

둘은 설경이 따라 준 술을 꿀떡꿀떡 마시고 다시 고기를 뜯었다. 한참을 우걱우걱 먹더니, 민망했는지 설화를 쳐다보았다.

"아재들요, 많이 드세요. 대신 이거 드시고, 앞으로 우리 오라버니 좀 챙겨 주세요!"

설화의 말에 얼굴이 벌겋게 달아오른 둘은 고개를 주억거렸다.

"많이 드시고, 어차피 우리 감시하는 거 이 안에서 하세요. 여기는 신당 근처라 가끔 산신도 내려오셔요!"

설경의 말에 둘은 고개를 크게 끄덕거리며 신당 문 앞에 양쪽으로 나눠 앉았다. 말 잘 듣는 꼬마들 같았다. 설경은 기가 막혀 웃음이 터질 뻔한 걸 겨우 참아 냈다. 어머니를 강에 던지고, 설화까지 순장시키려는 사람들의 얼굴이 저리 맑아도 되나 싶어 어이가 없었다.

설경은 조용히 몸을 돌려 한숨을 쉬었다. 그리고 향을 피웠다.

"설화야, 우리도 자자. 오늘 너무 고단했어."

설경은 설화 옆에 앉아 눈을 감았다. 한동안 신당 안에는 침묵과 향 내음만 가득했다. 얼마나 흘렀을까. 멀리서 소리 비슷한 울림이 느껴졌다. 잠들었던 설경이 눈을 떴다.

'설마? 여기까지 들리는 건가?'

집중했지만 다시 들리지는 않았다. 착각이었지만 다행이었다. 보초 아재들이 잠들면 바로 일어나려고 했는데, 깜박 진짜로 잠이 들어 버린 것이다. 이틀이나 못 잤어도 그렇지, 동생의 생사를 앞두고 잠이 오나 싶어 설경은 주먹으로 자기 머리를 쥐어박았다.

"왜 일어났어?"

쿵 소리에 설화가 잠이 덜 깬 목소리로 물었다.

"쉿!"

"무슨 일인데?"

"내게 계획이 다 있어. 그 전에 해야 할 일도 있지만."

설경은 일어나 겉옷을 챙겨 입고, 설화를 업었다. 평소보다 포대기의 끈을 두 바퀴나 더 감아 활동이 둔해졌지만, 한 몸이 된 것 같아 든든했다. 설경은 신당 앞에 곤히 잠든 아재 둘을 지나쳐 글 바위 쪽으로 걸었다.

"오라버니, 우리 지금 어디 가?"

"어머니 남기러!"

"응?"

설화가 보채듯 물었지만, 설경은 가 보면 안다며 웃었다.

달도 없어 어두웠지만, 매일 다닌 길이라 몸이 기억하고 있었다. 하지만 떨리는 건 어쩔 수 없었다. 사람들에게 협박처럼 말했지만, 깊은 밤 글 바위에 가는 건 정말 해서는

안 되는 짓이었다. 산신, 즉 호랑이는 진짜 있었다. 이따금 산이 흔들릴 정도로 큰 소리로 울부짖는 걸 듣기도 했다.

내딛는 걸음마다 무서웠지만, 남은 네 글자를 꼭 채우고 싶었다. 이대로 모두 흔적 없이 사라지는 건 너무 억울했다.

등에서 느껴지는 설화의 따뜻함도 용기를 주었다.

"여긴 글 바위 아니야? 여길 왜 왔어?"

"사실 오늘 왕족이 어머니 그림을 긁어냈어."

"세상에! 대체 왜?"

"어머니의 흔적을 지우고 싶었나 봐."

"그게 무슨 소리야?"

"나중에 설명해 줄게. 설화야, 잠시만 불편해도 좀 참아!"

설경은 몸을 숙여 더듬거리며 숨겨 두었던 고래 뼈와 정을 찾아냈다. 고래 뼈를 들고 글씨를 쓰려는데 그늘진 바위라 잘 보이질 않았다.

눈을 감고 최대한 손가락 끝에 신경을 집중하니 빈 부분을 찾을 수 있었다. 하지만 이번에는 새기는 것이 문제였다. 감각으로 글씨를 쓰기에는 너무 어두웠다. 고래 뼈로 쓴 글씨도 잘 보이지 않았다.

"오빠, 이거 줄까?"

설화가 어깨 너머로 반짝이는 것을 내밀었다.

"아……."

설화가 매일 쥐고 자던 빛나는 조개 목걸이였다. 설경은 시큰해지는 코를 훔치고, 야광조개로 비춰 가며 바위에 어머니 이름을 새겼다. 한 자 한 자 희미하지만 빛났다.

"바위에 새기는 건, 그 대상을 바위에 붙박는 일이란다. 영원히 남길 바라는 거지."

어머니의 목소리가 귓가에 맴돌았다.

설경은 정을 들고 빛나는 선을 따라 긁어냈다. 섬세하게 긁되, 갈아 내지 못하도록 깊이 힘을 주었다. 이마에 송골송골 땀이 맺힐 때쯤 글씨가 완성되었다.

於史鄒(어사추). 어머니의 이름이었다.

"됐다. 이제 가자!"

뿌듯한 마음에 일어서려는데, 인기척이 들렸다. 산신인가 싶어 주변을 둘러보았지만, 산 쪽이 아니었다. 글 바위 뒤쪽에서 붉은 횃불이 다가왔다.

"내 이럴 줄 알았지. 역시 너희 남매도 네 어머니처럼 우리 마을에 내린 저주였어!"

마을 사람들을 몰고 온 촌장이 횃불 아래 웃고 있었다.

"네가 지금 설화를 데리고 도망가면, 마을 전체가 화를 입어! 너무하다고 생각 안 하냐?"

"그게 왜 우리 탓이야? 욕심을 부린 당신들 탓이지!"

"거봐, 머리 검은 짐승은 거둬 봐야 저리 은혜를 몰라!"

설경은 머리털이 곤두서는 느낌을 받았다. 이번엔 참기

싫어 독한 말을 고르고 있었는데, 설화가 더 빨랐다.

"우리가 저주라고? 진짜 저주는 지금부터야."

"저, 쪼만한 게 뭐라는 거야?"

"이제 이 마을엔 고래가 오지 않을 거야. 물이 점점 빠져 바다는 강이 되고, 시냇물이 될 거야. 산을 뛰어다니며 살아 봐, 어디!"

설화의 서릿발 같은 차가운 목소리에 누구 하나 섣불리 움직이지 못했다. 설경은 이때다 싶어 계곡 쪽으로 뛰었다. 늘 다니던 길이라 보이지 않아도 익숙하게 몸을 놀렸다.

다들 뒤쫓으려 했지만, 여의치가 않은지 뒤가 소란스러웠다. 달도 없는 밤, 바닥에 뭐가 있는지 보이지도 않는 계곡을 뛰는 건 쉽지 않았다. 잠깐 뒤돌아보니, 누구는 넘어지는 바람에 들고 있던 횃불에 데고, 누구는 발이 빠지면서 비명만 여기저기서 터져 나왔다.

그러나 몇은 여전히 따라오고 있었다. 설경은 다시 뛰어 묶어 둔 배에 올라 노를 저었다.

강 한가운데로 들어서자마자 촌장의 고함 소리가 들려왔다. 들어 본 것 중 가장 큰 소리였다.

"네 이놈들! 그리로 나가면 바다다. 바다가 너희를 품어 줄 것 같으냐?"

"이 마을도 더 이상 당신들을 품지 않을 거야! 천 년은 지나야 다시 살 만한 곳이 될걸?"

설화도 지지 않았다.

"잘했어!"

"그동안 오라버니 때문에 참은 거야! 아휴, 속 시원해!"

설경과 설화의 웃음소리가 은은하게 빛나는 물 위로 흘렀다. 설경은 부지런히 노를 저어 강 한가운데로 나왔다. 멀리 횃불이 보이고 요란한 소리가 들렸지만, 꿈속 같았다. 설화가 뺨을 기댔는지 설경의 등이 따뜻해졌다.

"오라버니! 근데 우리 어디 가?"

"안 들려? 남매 고래가 우리를 부르는 소리?"

"히히. 나도 들려."

"우리 설화 많이 컸네. 고래 소리도 듣고!"

달도 없는 밤이었다.

하늘과 바다가 구분되지 않는 암흑이었지만, 설경은 눈을 더 크게 떴다.

입춘이 지난 바람이 시원했다. 적당히 식은 바람을 입으로 들이켜 속을 식히며 삼켰던 말을 뱉었다.

"반가워, 고래야. 이젠 내가 갈게. 자유롭게 어디든!"
마중 나온 파도 소리가 배를 부드럽게 이끌었다.

회귀 본능

김여진

1

"벌써 줄이 너무 길어!"

채원이는 매표소 뒤로 길게 뻗은 줄을 눈으로 훑었다. 지하철 B노선 81 ST. Museum of Natural History 역 출구에서 빠져나오자마자 자연사박물관으로 내달려 줄을 섰다. 아직 숨이 가빴다.

"눈치 게임 대실패. 비 오는 날이라서 사람이 좀 적을 줄 알았더니."

채원이 엄마가 주름이 생기도록 콧잔등을 찌푸렸다. 그새 늘어선 줄은 더 길어지고 있었다. 언뜻 보아도 갖가지 머리색과 피부색. 명실상부 뉴욕이었다.

"이 정도면 선방한 거지, 엄마."

채원이가 양 주먹을 꽉 쥐며 달리기 경주라도 이긴 듯 위로 들어 올렸다.

"줄이 점점 길어진다, 얘."

"올리비아 누나랑 아저씨는 언제쯤 온대?"

"올리비아 아빠는 급하게 병원에서 콜 받았대. 위급한 환자 있다고."

채원이 엄마는 선글라스를 머리 위로 올려 쓰고, 립스틱을 아랫입술에 조심스레 펴 발랐다.

"어? 올리비아 누나다! 누나, 여기야!"

"헤이!"

시원한 코발트블루 민소매 원피스 차림의 올리비아가 양손을 엑스자로 교차하며 머리 위로 흔들어댔다.

"이모, 어제 몇 시 비행기로 오신 거예요? 야, 이채원!"

"올리비아, 이게 몇 년 만이야? 넌 더 예뻐졌다, 어째!"

"이모는 방부제 드셨어요? 그때랑 똑같아요!"

채원이 엄마와 올리비아가 호들갑을 떨며 끌어안았다. 수줍어 온몸이 뻣뻣해진 채원을 올리비아가 마구 끌어안았다. 어릴 땐 누나 뺨에 뽀뽀도 했었는데.

"좋은 아침입니다. 몇 장 드릴까요?"

친절하지만 신속한 말투로 뉴욕 자연사박물관 매표소 직원이 물었다.

"어른 하나, 학생 둘……, 아니다. 올리비아 너는 무료입장이니?"

"뉴욕 시민 신분증 보여 주면 기부 입장이에요. 제 표는 제가 살게요!"

올리비아가 지갑에서 꺼낸 신분증을 경쾌하게 들어 보였다.

"표 받으시고요, 즐겁게 감상하세요."

표를 받아든 채원이는 상기된 표정을 감추지 못했다.

"누나, 어디서부터 보는 게 좋아? 위층에서 내려오기? 아니면 1층부터 올라가기?"

"네 취향에 맞춰 줄게. 이모는요?"

올리비아가 선글라스를 벗어 원피스 앞섶에 걸며 경쾌하게 물었다.

"난 뭐 상관없어. 채원이 얘 때문에 온 건데."

"오케이. 채원이 네가 골라. 공룡? 아니면 고래?"

"알잖아. 티셔츠가 대신 답하는 걸로 할게."

채원이가 흰 바탕에 혹등고래가 그려진 티셔츠의 가슴 부분을 평평하게 펴 보였다.

"그럴 줄 알았어. 고래 모형은 1층. 이쪽으로."

올리비아가 앞장서자 엄마와 채원이가 그 뒤를 따랐다. 채원이의 가방에 달린 고래 키링이 달랑거렸다.

2

칼날처럼 서슬 퍼런 바람이 덕총의 두 뺨을 할퀴었다. 여름의 바다는 온몸을 넙죽 담가도 너른 품으로 동네 아이들을 안아 주곤 했다. 하지만 바다는 변덕스러웠다. 겨울엔 쉽사리 웃어 주지 않았다. 올겨울은 유난히 춥다고들 했다. 이번엔 바람이 뺨을 감싼 덕총의 두 손등을 날카롭게 긁었다. 신경질적인 바람 소리에 덕총 어미의 기침 소리가 섞여 들었다.

"어머니! 좀 더 눈 붙이시지 않고요."

덕총은 문을 발칵 열고 어머니의 안색을 살폈다.

"밖에서 무얼 그리 내다보았어?"

기침을 애써 참으려는 덕총 어미가 힘겹게 몸을 일으키며 물었다.

"별것 아녜요. 먹을 것 좀 내올게요."

"그럴 것 없어. 너나 차려 먹어라."

마다하는 덕총 어미의 말을 뒤로하고 덕총은 부엌으로 향했다. 항아리 뚜껑을 열자, 바닥이 훤히 보였다. 남은 보리가 한 줌도 되지 않았다. 덕총은 덜그렁 소리를 내며 뚜껑을 닫았다. 어머니의 기침 소리가 더 격하게 들려왔다. 덕총은 자신의 귀에만 들릴 정도로 작은 한숨을 내쉬었다. 이대로는 안 될 일이었다.

"어머니! 명구 형님네서 일손이 필요하댔어요. 잠시 다녀올게요."

덕총은 생각나는 대로 둘러대고 싸리문을 빠져나왔다. 내친김에 발걸음을 명구 형님네로 향했다. 가만히 있는다고 하늘에서 쌀보리가 한 톨이라도 내려올 일은 없었다.

"형, 명구 형!"

마당으로 들어서며 덕총은 애써 목소리를 높여 명구 형을 불렀다. 기다렸던 목소리 대신 덕총을 맞이한 건 명구 어미였다.

"덕총이 왔니?"

"네, 명구 형은 어디 갔어요?"

"장생포에 있을 게다. 모처럼 품삯을 벌 수 있게 되었다며 신이 나서 갔어."

왠지 모르게 명구 어미의 얼굴에도 활기가 돌았다.

"장생포요?"

"응. 고래를 잡는다는구나. 왜인들이 동네를 돌며 힘쓸 일꾼을 찾아다녔어."

명구 어미는 덩치가 좋은 명구를 떠올리며 자랑스러움을 감추지 못했다.

"제가 장생포로 가 볼게요."

"총아, 그러지 마라. 조선인도 왜인도 많아서 부두가 번잡할 게야. 명구에게 꼭 전할 말이라도 있느냐?"

"그, 그게······."

숫기 없이 달싹이는 덕총의 입술을 비웃듯 뱃속에서 꾸르륵 소리가 천둥처럼 울렸다.

"이런. 배가 고픈 모양이구나? 내 금방 차려 줄 터이니, 밥 한술 뜨고 가거라."

"아니어요."

명구 어미 뒤로 개다리소반이 보였다. 밥그릇에 덜렁 찬 하나. 덕총의 가슴에 작은 돌덩이 하나가 얹힌 듯 마음이 무거워졌다.

"어둑해지면 명구가 올 터인데, 보고 가지 않고?"

덕총은 고개를 꾸벅 숙이고 명구 형님네를 빠져나왔다. 사내로 태어나서 칼을 뽑았으면 무라도 베었어야 한다. 아무 소득도 없이 꽁무니를 뺀 자신이 원망스러워 덕총은 허벅지를 세게 꼬집었다. 그렇다고 이렇게 마냥 빈손으로 집에 돌아갈 순 없었다. 기운 없는 발걸음으로 하염없이 장생포를 향해 걸었다. 무작정 장생포로 간다고 해서 명구 형을 만날 수 있을지는 모르지만, 정 안 되면 이름이라도 크게 외쳐 볼 생각이었다.

얼마나 더 걸어가야 하는지 애써 생각할 필요도 없었다. 장생포가 가까워지자 비릿한 소금 냄새가 훅 끼쳐 왔다. 한없이 바라보고 애태우고 원망하면서도 사그라들지 않는 그리움이 단단히 뿌리내린 곳이었다. 덕총은 자꾸만 피어오르는 옛 기억을 쫓아내려는 듯 고개를 휘휘 저었다. 고개를 다시 드니 눈앞에 부산스러운 풍경이 펼쳐졌다. 때마침 오늘 고래를 잡은 모양이었다. 뱃속에 배 몇 척은 거뜬히 삼키고도 남을 정도로 거대한 고래였다. 어부 여럿이 태산 같은 고래에 올라타 한창 해체 작업을 벌이고 있었다. 진동하는 피비린내가 무색하게 장생포 부두는 활기로 가득했다. 고래 고기를 연신 썰어 내는 어부들은 싱글벙글했다. 귀하디귀한 고래 고기는 손질이 끝나는 대로 모조리 일본으로 실려 갈 것이었다. 땀범벅이 된 장정들이 일렬로 줄을 서서 무언가를 받아 가고 있었다. 고래 고기였다. 덕총의 눈이 번쩍 뜨였다.

'구걸이라도 해 봐야겠어.'

덕총은 고래 고기를 배급받는 장정들 가까이로 바싹 다가갔다. 과연 거친 바다는 다 자란 사내들의 것이었다. 체구가 작은 덕총이 낄 자리는 아닌 것 같았다.

"큰돌이! 여기, 받아 가게."

"이리 귀한 것을 어찌……."

덩치가 큰 사내가 고개를 꾸벅 조아리고는 고래 고기를 받았다.

"다음, 억쇠! 수고했네."

덕총은 은근슬쩍 일꾼인 척 줄을 서 볼 작정이었다. 그러나 고래 고기를 나누어 주는 자는 한 치의 오차라도 생기면 큰일 날세라 연신 종이에 붓으로 표시를 했다. 덕총은 이내 섣부른 마음을 접었다. 주린 배가 더 푹 꺼졌다. 아우성치는 배를 달래듯 문지르던 덕총의 눈이 순간 반짝였다. 손질한 생선 찌꺼기와 조개껍질이 담긴 궤짝들이 배 근처에 아무렇게나 쌓여 있었다. 궤짝 근방에 살포시 놓인 건 분명 그것이었다. 땀으로 범벅이 된 바다 사내들이 소중히 받아 가던 그것. 보자기에 싸인 고래 고기임이 분명했다. 사방은 시장통처럼 소란스러웠다. 덕총의 가슴이 두방망이질 쳤다. 조심스레 고개를 이리저리 돌려 가며 주위를 살폈다. 덕총이 이곳에 와 있는 건 아무도 모른다. 식은땀이 덕총의 등줄기를 반으로 가르며 흘렀다.

'집자마자 저고리 속으로 숨기면 돼.'

몸을 한껏 낮추어 궤짝 쪽으로 발을 날래게 놀렸다. 또 다른 배 한 척이 도착했는지 부두는 한층 더 어수선해졌다. 덕총은 고래 고기가 든 보퉁이를 얼른 집어 들고 저고리 아래 푹 꺼진 배 위로 재빨리 숨겼다. 약간 불룩해 보일 수도 있지만, 아무도 덕총을 보고 있지 않았다. 이제 아무 일도 없었다는 듯 휘적휘적 걷기만 하면 된다.

바로 그때, 우악스러운 손이 덕총의 뒷덜미를 낚아챘다. 덕총은 반사적으로 목을 싸쥐었다.

"이런 쥐새끼 같은 놈이!"

손이 발이 되도록 싹싹 빌 겨를도 없이, 발길질이 소나기처럼 덕총의 몸 위에 쏟아졌다. 성난 발이 도대체 몇 개인지도 알 수 없었다. 잘못했으니까 마땅히 벌을 받아야 했다. 억울하다고는 할 수 없어도 욱신거리는 매질이 언제 끝날지도 알 수 없었다.

"*이놈, 부리는 재주라고는 날강도질밖에 없는 게냐!*"

단정한 서양식 제복을 입은 사내가 일본어로 욕설을 내뱉으며 덕총을 거칠게 일으켜 세웠다. 다른 사내가 허리를 수그리고 비틀거리는 덕총의 상체를 단단히 잡아 세웠다. 순간 덕총의 눈앞에 번갯불이 번뜩였다. 덕총은 양손으로 맞은 뺨을 감싸 쥐었다.

"오늘 매운맛을 볼 줄 알아라!"

다른 쪽 뺨에도 번갯불이 번뜩일 차례였다. 덕총은 눈을 질끈 감았다.

3

"Stop."

얼얼했던 뺨을 어루만지는 듯한 부드러운 음성이었다. 난데없이 들려오는 양어(영어)에 덕총은 고개를 숙인 채 귀를 쫑긋 세웠다.

"아이고, 나리."

덕총을 사정없이 두들겨 패던 일본인도 몸을 한껏 낮추고 고개를 조아렸다.

그는 양어를 알아듣기는 하지만 말할 줄은 모르는 눈치였다. 일본인 사내의 가슴께에는 자수로 '동양포경주식회사'라고 새겨져 있었다. 사내는 두 손 두 발을 써 가며 자초지종을 설명했다.

"다름이 아니오라 이 쥐새끼가 나리의 식량에 손을……."

키가 장대처럼 훤칠하고 이목구비가 반듯한 이양인이었다. 어느새 구경하려는 사람들이 개떼처럼 몰려들었다.

"He's my boy."

이양인은 흔들림 없는 두 눈을 일본인 사내에게 맞추며 말했다.

덕총은 놀란 나머지 고개를 바짝 쳐들었다.

"예? 무슨 말씀이시온지……."

"This little boy cooks for me."

이양인이 가슴께에 굵다란 두 팔을 팔짱 끼며 대꾸하자마자 일본인이 말을 이었다.

"아, 그래도 이 더러운 쥐새끼를 그냥 둬서는……."

"*감히 아이한테 손댈 생각하지 마시오.*"

덕총은 본능적으로 알았다. 지금 이 자리에서는 양어를 못 알아듣는 척하는 게 좋을 거라는 걸. 이양인의 음성은 여전히 검은 비단처럼 부드럽고 깊었으나, 무척 단호했다. 일본인이 주춤대자 그는 묵직하게 한마디를 더 보탰다.

"*이제 그만 가 보시오. 배고프니까.*"

일본인 사내들은 어쩔 줄 몰라 하며 몇 마디를 나누었다. 그러고는 이양인에게 다시 한번 고개를 꾸벅 숙이더니 이내 둥글게 둘러싼 사람들에게 화풀이하듯 소리를 지르며 자리를 떴다.

"어이, 무슨 좋은 구경거리 난 줄 알아?"

"다들 어서 꺼지지 못해!"

"애야, 잠깐 이리 와 볼래?"

고개만 푹 숙이고 있던 덕총에게 이양인이 손짓하며 말했다. 악다구니를 쓰던 일본인의 목소리에 먹먹해진 덕총에게 이양인의 음성은 꿈결처럼 곱게만 들렸다. 덕총은 차마 고개를 들지 못한 채였다.

"계속 날 기다리게 할 터이냐?"

이양인 나리를 마냥 기다리게 할 수는 없었다. 덕총은 고개를 들지 못한 채 이양인 앞으로 주춤주춤 다가갔다.

"너, 양어를 할 줄 아는 거야?"

이제는 양어를 못 알아듣는 척할 필요가 없었다. 덕총은 살아생전 이양인과 말을 주고받을 줄은 꿈에도 몰랐다. 그러나 이것은 꿈이 아니었다.

"네."

"어디서 배웠지?"

"아버지한테서요."

"아버지는 어떻게 양어를 했지?"

"아버지는 역관이셨어요."

이양인은 예상했다는 듯 빙그레 웃어 보였다.

"역시 그랬군. 아버지는 어디 있느냐? 좀 더 대화를 나눠

보고 싶구나."

"······."

덕총이 입을 꾹 다물자, 이양인이 되물었다.

"방금은 양어를 못 알아들었느냐?"

"알아들었사옵니다······."

덕총의 목소리가 기어들어 갔다.

"그래서, 네 아버지는 지금 어디에 있지?"

이양인은 무척 궁금하다는 듯이 눈을 동그랗게 뜨며 다시 물었다.

"아버지는······ 아버지는······."

덕총이 말을 잇지 못하자 이양인이 한 손으로 이마를 치며 황급히 말을 덧붙였다.

"아, 미안하구나. 내가 세심하지 못했어."

덕총은 아니라는 듯 고개를 천천히 가로저었다.

"아버지 얘기는 차차 나누자꾸나."

덕총은 말 대신 고개를 다시 한번 깊게 조아렸다.

"많이 고단해 보이는구나. 끼니는 먹었느냐?"

이양인이 온화한 미소를 띠며 물었다.

"그게, 이제 집에 가서 어머니와······."

덕총의 목소리보다 뱃속 뱃고동이 한층 크게 꾸르륵댔다. 이양인이 손에 쥐고 있던 고래 고기 보통이를 덕총에게 내밀었다.

"자, 이건 집에 가져가서 어머니와 함께 먹도록 해라."

"예? 아닙니다. 이건……."

"어서 챙기래도. 난 고래 고기를 좋아하지 않아."

덕총은 보통이를 받아 들고 애꿎은 고개만 또다시 꾸벅 숙였다.

"그나저나 난 앤드류스다. 로이라고 부르면 돼."

"앤드…… 앤드류스. 예, 나리."

"그래. 네 이름은 무엇이냐?"

"소, 소인은…… 덕총이라 하옵니다."

덕총은 고개를 들어 이양인의 빛나는 푸른 눈동자를 바라보았다.

"덕.총? 덕.총. 덕총. 멋진 이름이구나."

이양인의 입에서 나오는 자신의 이름이 새삼 낯설고 아름답게 들렸다. 덕총은 입술을 달싹거려 자신의 이름을 되뇌어 보았다. 호된 매타작을 받던 조금 전의 일이 희뿌연 옛일처럼 느껴졌다. 이만하면 한밤의 꿈처럼 호사스러운 날이지 않겠느냐고. 덕총은 고개를 숙이고 뒷걸음치며 이만 앤드류스에게 인사를 올리고 물러나려 했다.

"그래서, 덕총. 혹시 내 밑에서 일해 보지 않겠느냐?"

덕총에게는 앤드류스의 그 말이 마치 긴 꿈을 함께 꾸면 어떻겠냐는 말로 들렸다.

그날 밤 덕총은 참을 수 없이 부풀어 오르는 마음에 잠을 한숨도 이루지 못했다. 아침 댓바람부터 눈이 절로 떠졌다. 이 기쁜 소식을 어서 누구에게라도 전해야 했다. 멀리서 익숙한 기침 소리가 들려왔다. 덕총 어미는 안방 한편에 앉아 삯바느질을 하느라 여념이 없었다. 덕총은 자꾸만 히죽히죽 웃었다.

4

"어머니, 어제 장생포에 다녀왔더랬어요."

"그래? 멀리 부두까지 뭐 하러 갔어? 명구네 간다더니."

덕총 어미는 바느질감에서 눈을 떼지 않은 채 대수롭잖게 물었다.

"이것 보세요, 어머니."

덕충은 제 어미에게 어제 받은 고래 고기 보퉁이를 내밀었다. 덕충 어미는 부지런히 놀리던 바늘을 잠시 멈추고는 보퉁이를 풀어 보았다. 적잖이 놀란 표정이었지만 뜻밖의 식량에 내심 안도하는 기색이 역력했다.

"이게 다 무엇이냐?"

"이양인 나리가 주셨어요. 고래 고기를 못 드신대요."

영문을 몰라 어리둥절해하는 덕충 어미의 얼굴을 덕충이 흐뭇하게 바라보았다.

"이양인 나리가 직접 주신 거란 말이니?"

"그렇고말고요."

"못 드신다고 해도 이 귀한 걸 왜 하필 네게 준단 말이냐?"

덕충 어미는 못 믿겠다는 듯 되물었다. 덕충은 이때다 싶어 힘주어 대답했다.

"어머니, 저 오늘부터 이양인 나리 밑에서 일해요!"

놀란 덕충 어미가 뭐라고 입을 떼기도 전에 덕충이 한마디를 덧붙였다.

"더 이상 배곯지 않아도 된단 말이에요!"

덕충 어미는 말없이 덕충의 손에 자신의 양손을 포개었다. 손수건으로 눈가를 훔치더니 황급히 덕충을 똑똑히 바라보며 물었다.

"그런데 충아, 혹시 배를 타야 하는 것은 아니지?"

어미의 말에 덕충의 얼굴에서 미소가 달아났다. 거기까진 미처 생각하지 못했다.

"제가 잡는 건 아닌데…… 고래잡이배에 타긴 해야 해요."

덕충의 말에 덕충 어미의 얼굴이 사색이 되었다. 격앙된 목소리가 사정없이 흔들리고 있었다.

"꿈도 꾸지 말거라. 아니 된다! 너 그새 아버지의 일을 잊었느냐?"

"뾰족한 수가 없잖아요. 또 그런 일은 없을 거예요!"

모처럼 찾아온 값진 기회였다. 덕충은 어미의 두려움을 모르는 게 아니었으나 물러설 수 없었다. 때마침 마당에서 반가운 목소리가 들려왔다.

"덕충아!"

명구의 목소리에는 포근한 힘이 있었다. 덕충은 형의 음성을 듣자마자 반사적으로 튀어 나갔다.

"명구 형!"

눈치 빠른 명구는 울상이 된 덕충과 덕충 어미의 표정을 번갈아 살폈다.

"아이고, 명구야, 명구야! 덕충이 얘가 배를 탄다는구나. 어쩜 좋니?"

명구는 덕충 어미의 손을 잡아 드리며 사람 좋은 웃음을 지어 보였다.

"덕충 어머니, 걱정 마세요. 제가 잘 알아듣게 타일러 볼게요."

 덕총이 뭐라고 대꾸하기도 전에 명구는 덕총을 제 쪽으로 잽싸게 잡아끌며 대문 밖으로 끌고 나왔다.

 자그마한 개울에서 빨래하는 아낙들의 웃음소리가 들렸다. 명구와 덕총은 시린 손을 호호 불어 가며 번갈아 물수제비를 퐁당퐁당 떴다.
 "너, 이 녀석! 배를 탄다고?"
 명구가 되려 신이 나서 덕총의 대답을 재촉했다.

"그게, 그렇게 되었어. 나리의 진지도 차려 드리고, 수발을 들려고."

덕총이 조금 머쓱한지 머리를 긁적이며 말했다.

"내가 이것저것 가릴 처지가 아니잖아."

"그런데 덕총이 너, 미국 말을 모르잖아."

"사실은 내가……."

"어라? 너 미국 말을 제법 알아듣는 거야?"

명구가 뜻밖의 사실에 놀라 제자리에서 펄쩍 뛰었다.

"배워 두면 꼭 써먹을 일이 있을 거라고 아버지가……."

"얌전한 고양이가 부뚜막에 먼저 올라간다더니."

명구가 킥킥대며 덕총의 어깨를 양손으로 꽉 잡았다.

"까막눈인 나나 몸뚱이 하나로 겨우 입에 풀칠하지, 덕총이 넌 영특하잖아."

덕총은 명구의 때아닌 칭찬에 손사래를 쳤다.

"어머니도 제대로 못 모시는걸."

"그런 말 마. 어머니는 너 하나 보고 사시는데."

"그런데, 명구 형."

덕총이 개울가 마른 땅에 주저앉아 조약돌을 만지작거리며 명구를 불렀다.

"왜?"

"형은 나중에 말이야. 정말 나중에 형편이 나아지면 뭘 할 거야?"

덕총은 물끄러미 옆에 앉은 명구를 바라보았다. 명구는 망설임 없이 입을 떼었다.

"그저 열심히 벌어서 진짜 사내가 되어야지. 언젠가는 끝순이와 혼인할 거야."

"와, 끝순이 누님이랑?"

"총이 너는 어쩌고 싶은데?"

이번에는 명구가 큰 눈에 따스함을 머금고 덕총에게 되물었다.

"품삯을 한 푼도 안 쓰고 모아서 어머니 병을 깨끗이 낫게 할 테야."

"아무렴, 그렇게 되고말고."

"난 그거면 충분해, 형."

둘은 등을 대고 누워 한동안 말없이 하늘을 바라보았다. 안온함은 여전히 손에 닿지 않는 꿈처럼 아득하기만 했다.

5

 장생포의 바람은 여전히 따귀를 올려붙이는 듯 매서웠지만, 덕총의 마음은 한결 가벼웠다. 왜소하다며 아무도 받아 주지 않던 덕총이었다. 이렇게 어엿이 한 사람 몫을 하게 된 것만으로도 견딜 수 없이 기뻤다. 속으로 몰래 펄쩍펄쩍 뛰고 있었다. 덕총은 뛰는 가슴을 애써 가라앉히고 고래잡이배로 다가갔다. 앤드류스가 얼굴 가득 웃음을 띠고 양팔을 벌리고 있었다.

"Welcome to our beautiful boat!"

 수줍어 고개를 꾸벅하며 인사를 올리는 덕총을 앤드류스가 있는 힘껏 안았다.

"*앤드류스 나리……*"

 얼굴이 홍당무처럼 빨개진 덕총이 그만 몸을 빼내려 해도 앤드류스가 놓아주지 않았다. 덕총이 한참을 버둥대고 나서야 앤드류스는 덕총을 놓아주었다. 장난기 가득한 웃음을 띤 채였다. 야단법석을 떨고 있는 두 사람을 고래잡이배 일꾼들이 어리둥절히 바라보았다. 태어나서 이양인과 조선인이 끌어안고 있는 걸 본 적이 없을 터였다.

"덕총이 네가 합류했으니, 오늘 초심자의 행운(beginner's luck)이 있을지도 모르겠구나!"

"초심자의 행운이요?"

"처음 일을 시작하는 자에게만 오는 행운을 뜻하지."

앤드류스가 한쪽 팔을 힘차게 들어 올려 보였다. 그때 익숙한 얼굴이 곁에 섰다.

"또 네 놈이냐? 이번엔 허튼짓은 꿈도 꾸지 마라."

며칠 전 덕총을 사정없이 두들겨 팼던 일본인 사내였다. 그는 검지로 삿대질을 두어 번 하고는 배에 올라탔다. 사내의 매서운 눈초리에 덕총은 자신도 모르게 다리가 후들거렸다.

"염려 마라. 네게 손대려면 누구든 나와 담판을 지어야 할 거다."

앤드류스는 사뭇 비장한 표정을 지어 보였다. 덕총은 자신을 위해 기꺼이 싸우겠다는 앤드류스를 보며 뭐라고 답해야 할지 몰랐다. 죄송하다고 하는 게 맞을까, 감사하다고 하는 게 좋을까. 그것보다는 황송하다는 말이 어울릴 것 같았다. 앤드류스는 이내 비장했던 표정을 지우고 씨익 웃어 보였다. 덕총은 자기도 모르게 허연 이를 드러내고 같이 웃었다. 낯선 기분이었다. 묘하게 기분이 좋았다.

"*요 며칠 고래 구경을 못 했어. 하지만 오늘은 왠지 예감이 좋아!*"

동양포경주식회사 직원들이 손짓하며 일본어로 힘차게 무언가를 외쳤다. 일꾼들이 우르르 배에 몸을 실었다. 덕출 또한 그랬다. 소금을 잔뜩 머금은 바닷바람이 덕출의 이마를 야무지게 두드렸다. 처음 느껴 보는 바람이었다. 덕출은 조용히 두 주먹을 꽉 쥐었다. 이 집 저 집, 보리를 구걸하고 다니는 자신은 이제 없을 것이다.

"욱, 우욱. 우우우웩!"

덕출은 바다 쪽으로 고개를 빼며 거듭 헛구역질을 했다. 게워 내고 싶어도 입 밖으로 나오는 건 아무것도 없었다. 그대로 몇 번 더 헛구역질을 하고는 갑판에 벌렁 드러누웠다. 뱃일은 여간 고된 것이 아니었다. 살을 에는 바닷바람에도 일꾼들은 땀을 뻘뻘 흘렸다. 사내들이 갑판에 벌렁 누워 있는 덕출을 보고 껄껄 웃었다.

"신고식 한번 씨게 하는구먼."

"뱃멀미도 하면 할수록 맷집이 생길 끼라."

앤드류스가 누워 있는 덕총을 걱정스럽게 내려다보았다. 하지만 덕총은 차갑기 그지없는 갑판에 누워 희미하게 웃었다. 구역질이 자꾸만 나 숨 쉬기도 어려웠지만 어째 기분이 나쁘지 않았다. 바로 그때였다. 배가 순식간에 일꾼들의 들뜬 외침으로 소란스러워졌다.

"보, 보인다! 큰 놈이다!"

"고래다, 고래다!"

"어제처럼 또 놓치는 일은 없어야 할 것이야!"

초심자의 행운. 덕총은 말라붙은 입술로 그 말을 몇 번이고 중얼거렸다. 며칠씩이나 자취를 감추었던 고래를 오늘 잡아 올린 게 정녕 덕총 때문일까. 우연이 맞아떨어졌을 뿐이라면 또 어떤가. 뜻밖의 아주 좋은 시작이었다.

하늘을 찌를 듯 높은 도르래가 잡은 고래를 바닥에 내려놓자 일꾼들이 득달같이 달려들었다. 모두가 서슬 퍼런 칼날이 붙은 기다란 작살을 든 채였다. 키가 큰 사내가 고래의 머리를 도려내는 칼질을 했다. 키가 작지만 다부진 사내는 배를 가로로 길게 갈라냈다. 방금까지도 거칠게 꿈틀거리던 고래는 이제 사내들의 손에 자신의 몸을 내맡기고 있었다. 보기 드문 장관이었는지 동네 사람들이 고래를 둥글게 에워싸고 주변을 떠날 줄 몰랐다. 앤드류스는 고래 곁에 바싹 다가가 주변을 계속 맴돌았다. 왼손에 서책을 들고, 오른손으로는 연신 무언가를 그리고 썼다. 덕총이 고래잡이를 제 눈으로 본 건 오늘이 처음은 아니었다. 그러나 주린 배를 움켜쥐었던 그날의 기억을 아무리 더듬어 봐도 고래의 모습은 기억나지 않았다. 이번에는 하나도 빠트리지 않고 기억에 새기겠다는 듯 덕총 또한 앤드류스의 곁에 머물렀다. 앤드류스가 고래를 그리던 손을 멈추고 말했다.

"덕총, 네가 할 일이 있단다."

앤드류스의 눈동자 속에 잔잔한 즐거움이 출렁이고 있었다.

"예, 나리. 뭐든지 분부만 내려 주세요."

덕총은 침을 꿀꺽 삼키고는 앤드류스의 입을 응시했다.

"지금부터 내 입이 되어 줘."

앤드류스가 양손으로 자기 입술을 가볍게 톡 두드리며 눈을 찡긋해 보였다.

"예? 그게 무슨 말씀이신지 도통 저는……."

영문을 모르는 덕총이 뒷머리를 벅벅 긁었다.

"조선말을 모르는 나를 위해 네가 내 입이 되어 달라는 거야."

덕총은 물론 단단히 각오하고 있었다. 앤드류스의 짐을 들거나, 밥상을 차리는 것. 허드렛일을 거뜬히 하고, 한 사람 몫을 해내는 것. 외국말에 귀를 활짝 열고는 있었으나, 외국인 나리의 입이 될 수 있으리라고는 꿈도 꾸지 못했다.

"제가 어떻게 감히……."

"아버지가 역관이었다고 했지?"

"그렇사옵니다. 하지만 저는 아버지처럼……."

덕총은 얼굴이 새빨개져서는 두 손을 앞으로 모으고 안절부절못했다.

"그래서, 도와주지 않을 거야?"

"아니옵니다. 그런 말이 아니오라……."

"네가 내 입이 되어 주지 않으면, 귀한 고래 뼈가 망가질 수도 있어."

앤드류스가 긴 작살에 붙은 칼로 고래를 마구 베어 내고 있는 일꾼들 쪽으로 눈을 돌렸다.

"단 하나의 뼛조각도 잃어선 안 돼. 덕총, 네가 필요해."

앤드류스의 얼굴엔 웃음기가 없었다. 안락한 자기 고국

을 두고 왜 이 먼 나라까지 왔겠는가. 덕총은 앤드류스의 단호한 얼굴에서 거짓 없는 간절함을 읽었다.

"예, 제가 나리의 입이 되겠습니다!"

덕총의 믿음직한 대답에 비로소 앤드류스의 얼굴에 미소가 번졌다.

"고맙다. 그런데 아주 수다스러운 입이 되어야 할 거야. 내가 좀 말이 많거든."

앤드류스의 말에 덕총은 다급히 고개를 숙이고 큭큭 웃었다. 성큼성큼 나아가는 앤드류스의 발걸음에 뒤질세라 덕총도 짧은 다리를 부지런히 놀렸다.

"Please be gentle with my whale, gentlemen!"

"상하지 않게 잘라 주시지요, 어르신!"

덕총은 큼큼 목을 가다듬고 사내들 쪽으로 한껏 목소리를 높였다. 앤드류스의 부탁인 만큼 덕총도 우물쭈물할 수는 없었다. 세 치 혀로 죽은 고래의 뼈를 고스란히 지켜 내는 일, 그것이 덕총의 첫 뱃일이었다.

6

 눈이 휘둥그레질 만큼 휘황찬란한 상차림이었다. 동양포경주식회사는 고래로 만선이 된 날에는 상마다 그득그득 음식을 내놓곤 했다. 배불리 먹고 더 힘내어 고래를 잡으라는 뜻이었다.

 땀을 뻘뻘 흘리며 양손 가득 음식을 나르고 있는 건 모두 조선인이었다. 아무리 둘러봐도 앉아서 먹고 있는 조선인은 보이지 않았다. 이 귀한 음식들은 모두 어디에서 왔을까. 장생포에서 난 고래 고기를 팔아 마련한 음식이 아닐까.

 "어서 들어가 앉자."

 넋을 놓고 상차림을 바라보는 덕총을 앤드류스가 재촉했다. 둘이 서성거리자, 지위가 제법 높아 보이는 일본인 사내가 다가왔다. 고래 사냥을 두루 살피는 타카시였다. 작업복을 입고 있던 배 위에서와는 사뭇 다른 모습이었다. 깨끗한 일본 복식을 입으니 마치 다른 사람 같았다.

 "앤드류스상, 오늘도 대단히 수고가 많았습니다. 앉으시지요."

 타카시는 오른손을 모아 정중하게 상을 가리키며 말했

다. 일본어 억양이 강했어도 영어가 능숙해 보였다.

"별말씀을. 타카시 씨 덕분입니다."

앤드류스도 사람 좋은 미소를 지으며 공을 상대에게 돌렸다.

"그나저나 이 조선 아이가 어떻게 여기에……?"

타카시가 가볍게 던진 말에 덕총은 자기도 모르게 어깨에 힘이 들어갔다.

"아, 이 친구는 제 조수입니다."

앤드류스가 덕총의 어깨에 손을 턱 올렸다.

"그렇습니까? 할 일이 끝났으면 넌 그만 나가 보아도 좋아."

타카시가 덕총에게 알 듯 말 듯한 눈길을 보내며 턱끝으로 문을 가리켰다.

"아닙니다. 고래 뼈에 대해서 나눌 이야기도 있어서요. 함께 식사할 겁니다."

앤드류스가 타카시에게 호락호락 지지 않겠다는 듯 단호하게 대답했다. 그러고는 별일 아니라는 듯 싱긋 웃어 보였다.

앤드류스가 적당한 곳에 자리 잡고 앉자, 덕총도 그 옆에 따라 앉았다. 푸짐하게 차려진 음식 냄새가 덕총의 콧속을 파고들었다. 참으려 해 봐도 입안 가득 샘물처럼 군침이 차올랐다. 두리번대며 음식을 구경했다간 그야말로 채신머리 없어 보일까 덕총은 아닌 척을 해야 했다.

"오늘 고생 많았다. 먹어 봐."

앤드류스가 제법 능숙한 젓가락질로 접시에 갈비찜 한 덩이를 덜어 덕총 쪽으로 내밀었다. 덕총은 더 이상 체면을 차릴 수 없었다. 허겁지겁 갈비를 베어 물었다. 음식이란 것이 이렇게 부드러울 수가 있을까. 양념이 잘 밴 쇠고기가 입에서 살살 녹았다. 애써 억눌렀던 식욕이 폭발하듯 터져 나왔다. 덕총은 숨도 쉬지 않고 갈비찜을 한 덩이 더 물었다. 갈비가 목구멍으로 다 넘어가기도 전에 새하얀 쌀밥을 입안에 쑤셔 넣었다. 고개를 들어 상 위를 보니 손도 대지 않은 음식들이 보란 듯이 펼쳐져 있었다.

"천천히 먹어. 음식들이 도망가진 않을 테니까."

앤드류스가 양 볼이 미어터지도록 음식을 씹어 대는 덕총을 흐뭇하게 보며 말했다. 덕총은 뒤늦게 깜짝 놀랐다. 나리가 잘 드시는지 살피지도 않고 혼자 게걸스럽게 먹었던 자신이 부끄러웠다. 그래도 언제 또 이렇게 상다리가 부러질 날이 올까 싶어 배가 터지도록 먹을 작정이었다. 그때 건너편 상에 앉은 타카시가 눈에 들어왔다. 타카시는 느긋해 보였다. 식사를 하면서도 신경을 쓰는 곳은 따로 있었다. 그 옆에는 얼굴이 통통하고 말간 남자아이가 얌전하게 앉아 있었다. 쪽빛으로 된 일본 전통 옷을 말끔하게 차려입은 모습이었다. 덩치는 덕총보다 조금 작은 듯했다. 아마도 타카시의 아들일 터였다. 아이는 밥그릇을 왼손에 받쳐 들고 무얼 먹을지 요리조리 살폈다. 별로 입맛이 없는지 밥을 먹는 둥 마는 둥 했다. 바로 그때 남자아이가 고개를 돌려 멀찍이 앉은 덕총을 바라보았다. 덕총은 화들짝 놀라 시선을 돌렸다. 다시 곁눈질로 그 아이를 살피니, 여전히 덕총을 바라보고 있었다. 덕총이 시선을 어디에 두어야 할지 몰라 하는 사이, 아이는 타카시의 왼쪽 귀에다 대고 무어라 귓속말을 했다. 덕총은 황급히 그 아이에게서 눈길을 거두었다. 타카시는 덕총에게서 눈을 떼지 않으며 연신 고개를 끄덕였다. 덕총이 고개를 푹 숙이고 낯빛이 창백해지자 앤드류스가 물었다.

"*무슨 문제라도 있는 거니?*"

덕총은 아무 말 없이 고개를 가로저었다. 타카시가 옷매

무새를 매만지고 천천히 자리에서 일어났다. 남자아이가 제 아비에게 뭐라고 했는지 덕총은 알지 못했다. 더러운 행색의 조선 아이가 감히 자신과 눈을 맞췄으니 혼쭐을 내 주라고 했을까. 썩 나가게 해 달라고 했을까. 덕총이 안절부절못하고 있는 사이, 타카시가 성큼 눈앞에 와 있었다. 타카시의 옷자락을 꼭 쥐고 있는 남자아이도 곁에 서 있었다.

"앤드류스상, 실례가 아니라면……."

타카시가 말을 잇는 대신 아이가 자신의 조그마한 손바닥에 올린 물건을 앤드류스에게 내밀었다. 앞발 하나를 번쩍 들고 있는 하얀 고양이 조각이었다. 덕총은 얼떨떨해 눈을 깜빡거렸다. 호된 꾸지람을 들을 거라 지레짐작하고 있었는데 뜻밖이었다.

"이게 무엇입니까?"

앤드류스는 선뜻 물건을 받지 않고 타카시에게 물었다.

"우리 아들이 선물로 주고 싶다는군요. 네가 직접 주렴."

남자아이는 몇 걸음 총총 앞으로 걸어 나왔다. 이번엔 고양이 조각을 올린 양손을 모아 덕총에게 건넸다.

"어째서 제게 이런 걸……."

얼결에 고양이 조각을 받아든 덕총이 남자아이에게 물었다. 남자아이는 영어를 못 알아듣는 눈치였다. 타카시가 아들과 일본어로 얘기하더니, 다시 영어로 덕총에게 말을 전했다.

"*행운을 빈다는구나. 그 고양이는 마네키네코라 부른다.*"

놀란 덕총의 눈이 동그래졌다. 아이가 덕총을 바라보며 고개를 까딱하고 인사했다. 덕총도 아이에게 한 번 더 고갯짓으로 인사를 했다. 타카시는 덕총에겐 용건이 끝났다는 듯, 앤드류스에게 말을 이었다.

"*많이 부족하지만, 아들 녀석이 공룡에 관심이 큽니다.*"

"*아, 그런가요? 이름이?*"

앤드류스가 무릎을 낮추어 남자아이와 눈을 맞추었다. 타카시가 뭐라고 일본어로 전하자, 아이가 입을 떼었다.

"*유키오.*"

"*이름이 유키오구나.*"

"*앤드류스상의 해박한 생물학적 지식을 유키오에게 가르쳐 주시지요.*"

타카시가 유키오를 바라보는 눈빛이 사뭇 자애로웠다.

"*언제 한번 기회를 만들면 좋겠네요.*"

앤드류스와 타카시의 훈훈한 대화가 줄곧 이어졌다. 덕총은 계속 대화를 엿들어선 안 될 것 같아 몇 걸음 뒤로 물러났다. 유키오가 전해 준 고양이 조각을 조약돌처럼 살며시 쓰다듬어 보았다. 조금 전 상 앞에서 말없이 주고받았던 눈빛을 다시 기억해 보았다. 깨끗한 새 옷을 입고, 잡티 하나 없이 보드라운 뺨을 가졌던 유키오. 봄볕처럼 따스하게 아들을 감싸던 유키오의 아버지. 유키오가 빌어 준다는 행운. 어떤 행운을 빌어 준다는 것일까. 나라를 빼앗겼다. 보란 듯이 남의 나라 앞바다에서 고래와 물고기를 큰 배가 가라앉을 정도로 쓸어 담으면서. 아버지는 벌써 이 세상 사람이 아니었고, 어머니는 몸이 성치 않다. 행운은 무슨 빌어먹을 행운이란 말인가. 게다가 고래를 마음껏 잡아 훔치는 도둑이 있는데, 그 도둑들을 거들어 푼돈을 받아 챙긴 게 누군가. 그 대가로 겨우 몇 푼을 손에 쥐고, 좋다고 펄쩍 뛰었던 건 누군가. 배가 태산처럼 부풀어 오르도록 게걸스럽게 음식을 먹어 치웠던 건 다름 아닌 자신이 아닌가. 덕총은 견딜 수 없이 부끄러웠다. 부끄럽다 못해 분했다. 분해서 유키오가 주었던 그것을 높이 들어 올렸다. 휙! 바닥에 던져 버리고 싶었다. 그러나 그럴 수도 없었다. 처음으로 가져 보는 이국적이고 귀하고 예쁜 그 고양이 조각을 차마 그렇게 할 수 없었다. 버릴 수도, 기꺼운 마음으로 가질 수도 없었다. 덕총은 서글피 울었다.

7

"우와아아, 이게 다 뭐예요?"

덕총은 입을 다물지 못했다. 배 타는 일은 고되었지만, 배가 뜨지 않으면 따분했다. 하는 수 없이 며칠 쉬고 나니 앤드류스가 머무는 집의 마당엔 엄청난 것들이 펼쳐져 있었다.

"여태 본 뼈라곤 닭 뼈뿐이었는데요!"

닭 한 마리를 잡아도 닭 뼈가 수북할 터. 그런데 이건, 무려 장정 일고여덟을 눕힌 것보다 크다는 고래의 뼈였다. 그 야말로 장관이었다.

"처음 보지? 깨끗하게 발라낸 고래의 뼈는."

앤드류스가 가슴께에 든든하게 팔짱을 끼며 함박웃음을 지어 보였다. 가지런한 이가 눈부시게 빛났다.

"나리, 그런데 뼈는 모아서 무얼 하시게요?"

덕총은 얼굴이 고래 뼈에 닿을 만큼 가까이 다가가며 들여다보았다.

"내가 직접 보여 주마."

앤드류스가 벌떡 일어나 여기저기 제멋대로 놓인 뼈들을 한데 모았다. 한참을 이리 놓고, 저리 놓다가 양손으로 박수를 탁! 쳤다.

"이게 고래의 어느 부위 같으냐?"

덕총은 쪼그리고 앉아 고래 뼈가 뚫어지도록 보았다.

"아무래도…… 머리 같은데요?"

"옳다. 그래, 제법이구나."

얼결에 칭찬을 들은 덕총은 왠지 어깨가 으쓱해졌다.

"고래의 겉만 보아선 알겠느냐, 살과 내장만 본다고 알겠느냐. 뼛속까지 봐야 알지."

"나리는 짐승의 뼈를 보는 게 즐겁사옵니까?"

"그게 내 일이다. 내가 고래 뼈만 봤을 것 같으냐?"

앤드류스는 그 어느 때보다 신나 보였다. 덕총보다도 눈빛이 어려져 있었다.

"토끼나 너구리, 사슴 같은 것도 보셨습니까?"

"하하하. 네가 상상 못할 것도 보았지."

"어떤 짐승 말인지요? 용이나 이무기 같은 것입니까?"

덕총의 눈동자에도 총기가 잔뜩 서렸다.

"현실과 상상에는 종종 경계가 없는 법이지."

쾌청한 하늘엔 구름이 높이 떠 있었다. 앤드류스는 구름을 잡을 듯 눈으로 쫓았다.

"만 년이라는 세월을 상상할 수 있겠니?"

"천 년을 열 곱절하면 되지요."

덕총이 손가락을 몇 번 접었다 펴고는 대꾸했다.

"그러면 만 년이 만 번 흘러가면 몇 년이 되겠느냐?"

"새, 생각해 본 적이 없습니다."

"차마 떠올릴 수도 없는 숫자지. 1억 년 전에 살던 짐승들이 있었다."

"그러니까, 상상 속의 짐승이 아니란 말입니까?"

"아니야. 정말 틀림없이 있었어."

앤드류스는 양손을 모아 깍지를 단단히 꼈다.

"그게 사실인지 아닌지 나리는 어떻게 아십니까? 뼈가 남아 있습니까?"

"운이 좋으면 뼈가 통째로 고스란히 남기도 하지. 뼈는

세월을 품고 있어."

앤드류스가 고래 지느러미뼈를 부드러운 천으로 거듭 닦았다.

"나무에 있는 나이테처럼요?"

"살펴본 적 있는 모양이구나. 너는 정약전이라는 이름을 아느냐?"

"얼핏 들어는 보았사온데······."

"이 책을 본 적이 있어?"

앤드류스가 덕총에게 표지가 나달나달해진 낡은 책을 건넸다.

"자산어보······?"

서책을 마지막으로 읽었던 게 언제였던가. 덕총은 제목을 소리 내어 읽는 것만으로도 숨이 조금 가빠 오는 것을 느꼈다.

"읽어 본 책이니?"

"그건 아니지만······ 귀한 책 아니옵니까?"

덕총은 책이 바스러질까 조심조심 쓰다듬었다.

"이걸 구하려고 얼마나 큰 돈을 썼는지 알면 놀랄 거다."

앤드류스가 큰 눈을 장난스레 찡긋하며 웃어 보였다.

"읽으셨습니까?"

"안타깝게도 그림이 없더구나. 조선의 물고기가 궁금했는데."

덕총이 다시 책을 한 장씩 팔락팔락 넘겨 보았다. 물고기 그림은 단 한 점도 없었다.

"난 영어 말고는 읽을 줄 모르니 까막눈이나 다름없어."

덕총이 양손으로 쥔 책을 앤드류스에게 다시금 내밀었다. 앤드류스는 손을 들어 덕총의 손길을 막았다.

"책은 넣어 두어라. 이제 네 것이다."

"예? 아닙니다. 당치 않사옵니다. 나리가 어렵게 구하신 것인데……."

덕총이 화들짝 놀라 고개를 절레절레 저었다.

"공짜로 주는 것이 아니야. 내가 읽을 수 있게 네가 영어로 번역을 해 줘."

앤드류스가 손을 들어 무언가를 종이에 쓰는 시늉을 했다. 덕총은 서책을 다시 조심스레 펼쳐 보았다. 자신이 전혀 알지 못했던 조선의 물고기들에 대한 설명이 빼곡히 적혀 있었다. 책을 덮은 덕총은 서책을 가슴에 꼭 안았다.

"꼭 영어로 옮겨 보겠습니다. 하지만 아직 저는 영어가

짧으니 오래 걸릴 것이 분명하옵니다. 그러나 꼭 옮기고 말겠다고요!"

덕총은 자신도 모르게 큰 목소리를 내었다. 평소답지 않은 덕총의 모습에 앤드류스가 껄껄 웃었다.

베개에 머리만 닿아도 코를 골아 대며 곯아떨어지던 덕총이었으나, 오늘은 쉬이 잠들지 못했다. 앤드류스의 말이 머릿속에서 떠나질 않았다. 스테고사우루스, 트리케라톱스, 브라키오사우루스…… 낯설어 발음하기도 쉽지 않은 공룡의 이름들. 무엇을 위해 정든 고향을 떠나 멀리 타국까지 와 이 고생을 한단 말인가. 앤드류스의 눈은 분명, 고생은커녕 황홀경을 만난 듯 반짝이고 있었다.

'그 누구도 모르던 세상을 내가 가장 먼저 알 수 있다면……'

눈치 없는 칼바람이 창호를 야단스럽게 때렸다. 바람 소리에 뒤섞여 안방에서 덕총 어미가 토해 내는 기침 소리가 들려왔다. 덕총은 양손으로 뺨을 두 번 찰싹 소리가 나게 치고는 이부자리를 박찼다. 두 모자에게 밤은 길었다.

8

아침 댓바람부터 소란이 일었다.

"총아, 오늘은 예감이 좋지 않구나. 심상치가 않아."

덕총 어미가 마른기침을 뱉어 내며 말했다.

"날도 좋은걸요. 무슨 일 있으려고요. 걱정하지 마세요."

"그게 아니야. 오늘은 절대로 배에 타지 말아라."

"어머니 몸도 성치 않은데 한 푼이라도 벌어야지요!"

원망 섞인 덕총의 목소리에 점점 짜증이 묻어났다.

"오늘 내가 숨이 끊어져도 너는 상관 않겠다는 게지! 오냐, 그러면 배를 타거라!"

덕총 어미가 느닷없이 울음을 터뜨렸다. 양손으로 가슴을 쿵쾅쿵쾅 치며 울었다.

"아이, 정말! 알았어요. 오늘은 배 안 탈게요. 어머니, 안 탈게요."

마룻바닥을 내리치며 울고 있는 덕총 어미를 덕총은 가슴으로 안았다. 아들을 걱정하는 어머니의 마음을 이해하지 못할 것도 아니었다. 단전 깊숙한 곳으로부터 길쭉한 한숨이 올라왔다. 끼니 걱정이 이젠 지긋지긋했다.

오후로 접어들며 말끔했던 새파란 하늘에 거적때기 같은 지저분한 구름이 덮였다. 바람이 위아래가 아니라 가로로 불기 시작해 풀들이 어지러이 춤을 추었다. 처음엔 굵직한 빗방울이 하나둘 땅에 닿는 달구비였다. 이내 비는 억수처럼 퍼부었다. 비바람이 귓가에서 왱왱 울었다. 밤이 되어도 고래잡이배들은 포구를 다시 찾지 못했다. 배에 가족이 탄 동네 사람들은 모두 바닷가로 달려 나와 발을 동동 굴렀다.

"덕총아, 우리 명구 어떡하냐. 어쩌면 좋냐."

명구 아범이 바닥에 무너지듯 주저앉았다.

"아저씨, 그런 말씀 마세요. 틀림없이 돌아올 거예요."

덕총은 입으로 심장을 게워 낼 것처럼 속이 메슥거렸다. 계획대로였다면 덕총도 명구 형과 같은 배에 탔어야 했다. 앤드류스가 있는 바로 그 배에. 덕총은 눈을 질끈 감았다.

"용왕님이 노하셨다. 그렇지 않고서야 갑자기 바다가 이렇게 험해질 리가 없어."

모랫바닥에 주저앉은 명구 아범이 목을 놓아 울었다. 덕총은 이를 악물었다. 애간장이 녹도록 통곡한다고 해도 사라진 사람은 돌아오지 않는다. 손이 발이 되도록 빌어도 천

지신명은 소원을 들어주지 않는다. 만약 그랬다면 어땠겠는가. 중요한 임무를 맡았던 아버지가 영원히 바다 어딘가로 사라지진 않았을 것이다. 동네 사람들도 배를 탄 제 식구의 이름을 애타게 불렀다. 덕총의 두 뺨 위로 눈물이 줄줄 흘러내렸다.

'아직 자산어보를 영어로 옮기지도 못했는데.'

앤드류스와 굳게 한 약속이었다. 더 배워야 할 공룡 이름이 잔뜩 남아 있었다. 못다 풀어낸 탐험 이야기가 있다고도 했다. 머나먼 바다와 구라파 땅덩어리의 낯선 나라 서반아, 불란서, 덕국과 법국……. 이대로 앤드류스와 헤어질 수는 없었다. 아버지를 잃은 바로 그 바다에서 또다시 앤드류스를 보낼 수는 없었다.

"앤드류스 나리! 나리!"

덕총은 목이 쉬도록 울부짖었다. 맹수처럼 거친 바다는 덕총의 목소리를 꿀꺽 삼키고도 남았다. 사람들이 흐느끼고 통곡하는 소리는 파도 소리와 하나가 되었다.

"오, 온다!"
"배가 돌아온다!"

누군가의 고함 소리에 덕총은 눈을 부스스 떴다. 피를 나눈 가족을 차가운 바다 위에 두고 집으로 차마 돌아갈 수 없었던 사람들은 밤새 모래톱에 몸을 누이고 지쳐 잠들어 있었다. 덕총은 아직 잠들어 있는 명구 아범을 흔들어 깨웠다.

"아저씨! 얼른 일어나 보세요!"

명구 아범이 신음 소리를 내며 비틀비틀 일어났다. 간밤에 짙은 얼룩이 졌던 하늘은 거짓말처럼 말끔해져 있었다. 해가 둥근 윗머리를 수평선 위로 빼꼼 내밀고 있었다. 덕총은 거침없이 정면을 향하는 햇살을 피하려 눈을 찌푸렸다. 과연 멀리서 검은 점 같은 것이 보였다. 그 검은 점은 포구를 향해 점점 커지고 있었다.

"살았다, 살았다!"

"용왕님이 도왔다!"

배의 형체가 또렷하게 보이기 시작하자 동네 사람들의 함성이 커졌다. 배 위에 움직이는 사람들이 분명하게 보였다. 양팔을 들어 손을 흔들고 있음이 틀림없었다. 배는 포구에 닻을 내렸다. 배가 완전히 멈추자 뱃사람들이 하나둘 내리기 시작했다. 모두가 하룻밤 새 십 년은 늙어 버린 듯

지쳐 있었지만, 얼굴에는 절망이 없었다. 익숙한 얼굴이 덕총의 눈에 들어왔다.

"며, 명구야! 명구야!"

명구 아범이 비척비척 걸어 배 쪽으로 향했다. 명구는 미소를 지으며 제 아범을 향해 다가오더니 결국 고개를 푹 숙였다. 누구보다 다부진 명구는 명구 아범의 품에 얼굴을 묻고 흐느꼈다. 한 몸이 된 명구와 명구 아범을 토닥이던 덕총은 아직 안도하지 못했다. 제법 내린 것 같은데 아직도 그 얼굴이 보이지 않았다. 덕총은 도무지 숨을 고를 수가 없었다. 바로 그때였다. 배에서 훤하고 반듯한 얼굴이 한 줄기 햇살처럼 쏟아졌다. 앤드류스였다. 덕총은 젖은 모래에 짚신이 엉망이 되는 것도 아랑곳하지 않고 달렸다.

"계획보다 좀 늦어졌군. 많이 기다렸느냐?"

앤드류스는 행색이 조금 흐트러져 있을 뿐, 고요한 눈빛은 그대로였다.

"나리, 나, 나리……"

덕총은 키가 훤칠하고 기골이 장대한 앤드류스의 몸이 흔들릴 정도로 있는 힘껏 달려가 안겼다. 눈물이 멈추질 않았다. 눈물이 억수처럼 퍼붓고, 마음이 파도처럼 일렁였다.

그가 돌아왔다. 돌아왔으니 되었어. 더 바랄 게 없어. 돌아왔어. 사라지지 않았어. 덕총은 하염없이 울고 또 울었다. 앤드류스는 덕총을 감싸안았다. 아무 말 없이 덕총에게 그 너른 품을 한없이 내어 주었다.

9

"*저기 보이느냐?*"

앤드류스는 넓적한 형상을 한 반구대 바위 절벽을 손가락으로 가리켰다.

"*무엇 말입니까?*"

덕총은 헐떡이는 숨을 애써 가라앉혔다. 살아생전 이렇게 멀리까지 나와 본 것은 처음이었다. 말로만 듣던 기차에 올라타 본 것 또한 처음 경험하는 일이었다. 앤드류스가 기찻삯을 흔쾌히 내주었다. 이양인과 나란히 앉아 있는 자신을 흘끔거리는 다른 사람들의 시선도 내심 기분이 좋았다. 앤드류스가 되물었다.

"*네 눈엔 무엇이 보이느냐?*"

"장관이 펼쳐진 것 말씀이지요?"

"아름다움을 잘 포착하는 눈이구나."

앤드류스는 가방을 뒤적거리며 무언가를 꺼내었다.

"판판한 기암괴석이 우리 고을에 있는 줄은 몰랐어요."

"경이로운 바위 절벽만 있는 것이 아니야. 이걸 한번 보거라."

앤드류스는 덕총에게 쌍안경을 건넸다. 황동으로 만들어져 묵직한 이 물건은 처음 보는 것이었다.

"이것이 무엇입니까?"

"저 멀리 있는 것도 바로 코앞에 있는 것처럼 가까이 볼 수 있는 물건이지."

"안경과 비슷한 것인가요?"

"일종의 안경이랄까. 오호, 보이는구나."

앤드류스는 쌍안경으로 바위 절벽의 한 부분을 한참 동안이나 지켜보았다.

"무엇이 있는데요? 저도 볼래요, 볼래요!"

참을성 없이 보채는 덕총을 앤드류스가 귀엽다는 듯이 바라보았다.

"자, 옳지. 움직이지 말거라. 이제 보이느냐?"

앤드류스는 덕총이 쉽사리 움직이지 못하게 강인한 양팔로 덕총의 어깨를 붙잡았다.

"아니요, 바위 말고는 아무것도…… 아, 보여요!"

덕총의 동그란 두 눈에 들어온 것은 놀라운 광경이었다. 다리미로 넓게 다린 듯한 기암괴석에 새로운 세상에 펼쳐져 있었다.

"그래? 보이는 대로 말해 보렴."

"고, 고래가 많아요. 수도 없이 많은 고래들과……."

"옳지, 또?"

"호랑이랑 사슴, 멧돼지도 있어요!"

"아주 잘 보는구나. 데려온 보람이 있어."

"그런데 이걸 누가 그렸대요?"

덕총이 쌍안경에서 눈을 떼고 호기심과 열망이 뒤섞인 눈으로 앤드류스를 바라보았다.

"글쎄다, 그건 아무도 모르지. 다만 아주 오래전 사람들이 그렸을 것으로 추정할 뿐이야."

"얼마나 오래요? 공룡이 살던 때인지요?"

"그렇지는 않을 거야. 공룡이 멸종한 이후에 인간이 생겨났을 게다."

덕총은 알 듯 모를 듯해 고개를 주억거렸다.

"덕총, 난 곧 조선을 떠날 거야."

앤드류스가 나직한 음성으로 말하며 덕총을 은근한 눈빛으로 바라보았다.

"어, 어째서요?"

덕총은 말을 더듬었다. 언젠간 벌어질 일이었지만 앤드류스가 바다로 영원히 사라질 뻔한 것이 채 몇 달도 되지 않았다. 눈물이 날 것만 같았다. 울어선 안 돼. 덕총은 눈을 애써 깜빡거렸다.

"나도 내 집이, 또 고향이 있어. 돌아가야지."

"나리도 미국에 가족이 있지요? 부인도 있고, 아들도 딸도 있겠지요."

덕총은 별 뜻 없이 중얼거렸다. 앤드류스는 한동안 말이 없었다.

"있었지. 이젠 더 이상 아니지만."

자신이 묻지 말아야 할 것을 물었다는 생각에 덕총이 말을 잇지 못하자 앤드류스가 다시 입을 열었다.

"딱 너만 한 아들이 있었다. 아마 살아 있었다면 네 또래였을 게지."

덕총은 아무 말도 할 수 없었다. 손에 잡히는 대로 애먼 풀만 손으로 뜯어 댔다.

"저도 탐험가가 되고 싶어요. 너른 세상을 누비고 싶어요."

"정말이냐?"

"예."

앤드류스가 덕총을 힐끔 보더니, 바닥의 풀을 손바닥으로 훑었다.

"탐험가로 산다는 것은 쉬운 일이 아니다. 아무도 모르는 길을 가야 하지."

덕총은 풀을 뜯던 손을 멈추고, 앤드류스 쪽으로 몸을 돌렸다.

"길이 없을지도 몰라. 길이 없으면 만들어야 하고, 종종 수렁에 빠질 수도 있다."

"그렇게 힘든 길인지요?"

덕총은 사실인지 확인하고 싶은 듯 조심스레 물었다. 하지만 겁먹은 눈동자는 아니었다.

"평생 떠돌아야 해. 잠시 몸을 편히 누이기도 전에, 또다시 짐을 싸야 할 거야."

덕총은 가슴속에서 나비 수십 마리가 날개를 팔랑거리는 듯한 기분을 느꼈다. 씨앗이 싹트는 것 같기도, 힘 좋은 산들바람이 불어오는 것 같기도 했다. 아니, 바닷바람일지도 몰랐다.

"짐을 매번 새로 싸는 것이 두렵지 않다면, 그 길을 가도 돼."

이번에는 앤드류스가 쌍안경을 덕총에게 건넸다.

"언젠간 그 길을 갈 것 같구나. 이게 네게 초심자의 행운을 가져다줄 게다."

덕총도 이번에는 앤드류스의 선물을 사양하지 않았다. 대신, 조용히 쌍안경의 매끄러운 황동을 매만지고, 또 매만졌다.

10

덕총의 발걸음은 유난히 가벼웠다. 고래잡이에 거듭 성공하자 동양포경주식회사에서 품삯을 섭섭잖게 받았다. 앤드류스와 마을로 돌아오는 기차 안에서 창밖으로 본 하늘에는 곱게 노을이 물들어 있었다. 무엇이 되었건 덕총은 자신이 지금보다 넓어질 것을 알았다. 손바닥만 한 것보단 커다란 것을 볼 줄 아는 사람이 될 것이었다. 지금은 아무것도 아니지만, 언젠간 그리될 것을 알았다. 앤드류스와 헤어지는 장면은 떠올리기조차 싫었다. 헤어짐이란 누구에게나 언제까지고 미루고 싶은 일일 터. 인생은 예측불허, 아무도 모르는 일이다. 오늘 저녁에 일어날 일마저도.

앤드류스가 방으로 들어가는 것까지 지켜본 덕총은 집으로 향했다. 싸리문 안으로 동네 사람들이 모여 있었다. 무엇을 하려고 모여 있는 것일까. 덕총은 어머니에게 앤드류스가 선물로 준 쌍안경을 보여 드릴 생각이었다. 저도 모르게 가슴이 부풀어 오르고 저절로 입이 헤벌어졌다. 때마침 덕총을 발견한 명구가 헐레벌떡 달려 나왔다.

"이 녀석아, 어디 갔다 이제 오는 거야!"

"형, 무슨 일인데?"

"너희 어머니, 어머니가……."

명구는 더 이상 말을 잇지 못하고 고개를 푹 떨구었다. 덕총은 문을 막고 서 있는 사람들을 다급히 밀치고 안방으로 들어갔다. 동네 어른 몇이 무릎을 꿇고 덕총 어미 곁에 앉아 있었다. 덕총이 들어서자 공기가 무겁게 내려앉았다.

"우리 어머니가 많이 안 좋습니까?"

"덕총아······."

의원 어른이 말없이 덕총의 손을 꼭 잡았다. 덕총 어미는 기침도 하지 않고 조용히 누워 있었다. 눈을 감은 모습이 더없이 편안해 보였다. 덕총의 귀에 조용히 무언가 툭 끊어지는 듯한 소리가 들렸다. 아까 집을 나설 때 어머니는 곤히 잠들어 있었다. 어머니가 깰세라 인사도 올리지 못하고 나왔다. 앤드류스와 멀리 반구대까지 나들이를 간다며 마냥 신나 있었다. 덕총은 자신이 미웠다. 죽도록 미웠다. 소중한 것을 단 하나도 지키지 못하고 다 놓쳐 버린 자신이 처절하게 싫었다. 덕총의 애끓는 울음소리에 그 누구도 눈물을 참지 못했다.

11

"이제 곧 배가 뜰 텐데. 안 가 봐도 돼?"

명구가 걱정스레 덕총의 얼굴을 살폈다. 덕총은 고개를 푹 숙인 채 제 발끝만 바라보고 있었다.

"총아! 이제 곧 배 떠. 앤드류스 나리 가시는 거 안 봐?"

"봐서 뭐 해. 이제 영원히 못 볼 텐데."

덕총이 양손으로 턱을 괴었다. 대답은 아무렇지 않아 보였으나 표정은 그렇지 않았다.

"이 녀석아, 그러니까 더 송별을 해 드려야지."

애꿎은 땅만 발끝으로 툭툭 차던 덕총이 별안간 벌떡 자리에서 일어났다.

"이런!"

"총아, 무슨 일이냐?"

영문을 모르는 명구를 뒤로하고 덕총은 부리나케 방으로 뛰어 들어갔다. 지금 이 순간이 아니면 소용없는 일이 될 터였다. 그것을 보자기에 재빨리 싸고 오른쪽 어깨에서 왼쪽 허리로 바싹 둘러맸다. 조금도 지체할 수 없었다. 해가 온전히 뜨고 나면 앤드류스는 조선 땅을 떠날 것이다. 배를 처음 탄 이후로 닳도록 드나들었던 장생포였으나, 오늘은 한없이 멀게만 느껴졌다.

'놓쳐선 안 돼. 이걸 꼭 드려야 해.'

덕총은 숨이 턱에 닿도록 달렸다.

포구는 어김없이 낯설지 않은 활기를 품고 있었다. 고래잡이를 준비하는 배와 뱃사람들. 동양포경주식회사 사람들과 오늘 하루라도 배를 타 품삯을 벌어 보고자 줄을 선 사내들.

"어이, 덕총아! 여기!"

배를 처음 탈 때부터 덕총을 챙겨 주던 큰돌 아저씨였다.

"아저씨, 앤드류스 나리 못 보셨어요?"

덕총은 숨을 헐떡이며 물었다.

"글쎄다. 너는 오늘 고래 안 잡냐?"

"저는 이제 다시는 배 안 타요!"

덕총은 자리에 선 채 두리번거렸다. 누군가 덕총의 어깨를 턱 잡았다.

"덕총. 마지막 인사도 못 하는 줄 알았구나."

"앤드류스 나리! 이, 이거 돌려드리려고요."

덕총은 어깨에 둘러메었던 보자기를 조심스레 끌렀다. 《자산어보》를 내미는 덕총의 손이 미세하게 떨렸다. 앤드류스는 받지 않고 물었다.

"왜 내게 돌려주는 것이냐? 선물이라고 했을 텐데."

"번역을 해 달라고 하셨사온데…… 미처 끝내지 못하였습니다."

"그래서?"

앤드류스가 고개를 왼쪽으로 갸웃 기울였다. 눈은 덕총에게서 한시도 떨어지지 않았다.

"귀한 것이니까…… 이제 미국으로 돌아가시니까……."

"반구대에서 고래 암각화를 보던 날, 나는 사진기로 우리 모습을 찍었지. 너를 잊지 않으려고."

잊지 않으려고. 앤드류스의 그 말이 덕총의 입술에 맺혔다. 그 말은 이내 덕총의 눈동자를 적셨다.

"그 책을 돌려주고 나면, 너는 나를 무얼로 기억할 것이냐?"

"결단코 나리를 잊지 않을 것이옵니다……."

"좋아. 책을 받으마."

덕총은 뜻밖의 말에 고개를 들어 앤드류스를 보았다.

"책을 받을 테니, 나와 함께 미국으로 가겠느냐?"

시간이 멈춘 것만 같았다. 미국. 저승이나 용궁보다 황당무계한 그곳. 아버지와 어머니가 계실 그곳보다도 더 멀리 있을 그곳.

"덕총."

생각에 잠긴 덕총을 앤드류스가 조용히 불렀다.

"*아무래도 어렵겠지? 그렇다면 마지막으로 한 번만 안아다오.*"

덕총의 두 눈에 뜨거운 무언가가 차올랐다. 앤드류스의 널찍한 가슴에 덕총은 자신의 몸을 내맡겼다. 단정하게 다려진 앤드류스의 외투는 덕총의 눈물로 얼룩졌다.

"*너는 내가 조선에 둔 아들이다.*"

누군들 헤어지지 않으랴. 몇 번이고 되뇌어도 덕총은 할퀴어지는 마음을 어쩌지 못했다.

앤드류스는 갑판 위에서 눈으로 서둘러 저 아래를 훑었다. 몇 달간 동고동락했던 뱃사내들이 조선인, 일본인 할 것 없이 손을 흔들고 있었다. 단 한 사람, 덕총을 빼고.

뿌아앙.

뱃고동이 길게 울렸다. 잘 가라는 인사마냥 길게 또 한 번 울렸다. 배가 둔탁한 소리를 내며 앞으로 나아갔다. 좌우로 출렁거렸지만 앤드류스는 비틀거리지 않았다. 바로 그때였다.

"앤드류스 나리."

등 뒤에서 들려온 건 분명 덕총의 목소리였다.

"덕총, 네가 여기 어떻게?"

좀처럼 놀라지 않는 앤드류스의 동공이 활짝 열렸다.

"미처 하지 못한 게 있어서요."

덕총은 당당히 고개를 들고 앤드류스와 눈을 맞췄다.

"그게 무엇이냐?"

"번역이요. 우리말 모르시잖아요. 자산어보 번역을 마저 해야겠어요."

앤드류스의 두 눈이 아무도 모르게 조금 축축해졌다.

"좋아. 책만 홀랑 가져가는 줄 알고 좀 괘씸했던 차였어. 그런데 말이야……."

앤드류스가 단호하지만 다정하게 말을 이었다.

"이제 내 이름을 제대로 불러 줘."

덕총은 앤드류스의 말을 듣기도 전에 아랫입술을 깨물며 배시시 웃었다.

"로이, 로이라고 불러 줘, 이제."

12

"채원, 너 진짜 운 좋은 거야."

올리비아가 난간에 팔을 걸친 채 귀신고래 모형을 올려다보며 말했다.

"어째서?"

채원은 연신 스마트폰으로 고래 모형을 찍다가 성에 차지 않았는지 카메라를 꺼냈다.

"플래시 터뜨리지 말고."

"응. 조심할게."

"이 고래 모형, 작년에는 여기 없었어."

목이 말랐는지 올리비아가 에코백에서 생수병을 꺼내 목을 축였다.

"아, 정말? 화석이나 모형도 바꿔 가며 전시해?"

"그런 것 같아. 하여간 넌 항상 운이 좋았어."

채원은 스케치북에 푸른 색연필로 고래 뼈 모형 윤곽을 쓱쓱 그렸다. 유성 색연필 특유의 기름 냄새가 코끝에 감돌았다.

"난 색연필 냄새가 좋더라. 너 여기 전시 안내문은 읽어 봤어?"

"아니, 아직."

"후딱 읽고 나가자. 이모 화장실 갔다 오시면."

"…collected by Roy Chapman Andrews… and…"

"오, 제법이다? 알지? 영화 〈인디아나 존스〉 주인공."

"실제 인물이라고?"

"응, 실화 바탕이래."

"…Donald Dukchong Andrews… 덕, 덕총?"

채원이 더듬거리며 전시 안내문을 마저 읽었다. 고개를 들어 올리비아와 눈을 맞추었다.

"내가 말 안 했나? 우리 증조할아버지라고."

"누가?"

"누구긴. 덕총 씨지. 우리 할아버지가 조선에서 미국으로 온 자기 아버지 얘기를 마르고 닳도록 했었어."

에어컨 바람이 찼는지 올리비아가 에코백에서 카디건을 꺼내 걸쳤다.

"잘 봐 둬. 늘 볼 수 있는 게 아니니까."

"돌아오고 싶었을 거야."

채원이 귀신고래 모형에서 눈을 떼지 않은 채 앞을 보고 말했다.

"누가? 어디로?"

"둘 다. 귀신고래는 1977년에 울산 앞바다에서 발견된 게 마지막이었어. 언젠간 귀신고래들이 우리나라로 돌아올까?"

"또 하나는 누군데?"

올리비아가 커다란 눈을 더 크게 뜨며 물었다.

"덕춘 할아버지. 그 이후에 한국에 다시 오신 적 있어?"

"더 자세히 듣고 싶어? 할아버지한테 가 보자. 널 보면 좋아하실 거야. 난 질리도록 들어서 다 외울 지경이지만."

1층을 가로질러 채원이 엄마가 총총 달려왔다. 볼일을 보고 씻은 양손을 바지에 아무렇게나 닦았다.

"얘들아, 배 안 고프니? 박물관 구경도 힘드네."

"이모, 우리 그럼 배 좀 채우고 마저 봐요."

"그러자. 뭘 먹어야 하나. 올리비아, 아는 데 있어?"

"뉴욕에선 박물관 돌고 나면 길거리에서 케밥 하나 먹어 줘야죠."

단체 관람객이 채원과 채원이 엄마, 올리비아를 둘러싸며 소란스럽게 스쳐 지나갔다.

"어디 식당이라도 들어가서 먹지 않고?"

"길거리 케밥이 되게 맛있었어요. 팁도 없고요. 그리고 채원이가 만날 사람이 있다는데요?"

"누구? 누구를 보는데?"

영문을 모르는 채원이 엄마가 보채듯 둘을 번갈아 바라봤다.

"아, 있어요. 꼭 만나야 할 사람."

채원이가 올리비아에게 한쪽 눈으로 찡긋 윙크를 건네며 성큼성큼 박물관 밖으로 걸어 나갔다. 올리비아도 폴짝 따라 나갔다. 거리는 사람들의 웅성거림으로 출렁대고 있었다. 마치 그날의 파도처럼.

폭풍 속으로

이지선

 부드러운 바람이 청진호의 돛을 스쳤다. 배 옆구리에 걸린 거대한 밍크고래가 마치 전사의 트로피처럼 반짝였다. 서 선장은 고래와의 치열했던 싸움을 떠올리며 오랜 긴장이 풀리는 듯 안도의 숨을 내쉬었다.

 "모두 제자리에 서라. 고래를 안전하게 항구로 옮기는 게 우리의 마지막 임무다!"

 밧줄을 움켜쥔 선원들의 손이 불덩이처럼 달아올랐다. 각자의 위치에서 힘겨운 신음이 새어 나왔다. 육지에 닿을 때까지 단 한순간도 긴장을 늦출 수 없었다. 땀에 젖은 숨결이 배 안을 가득 채웠다.

 이번 고래잡이는 대성공이었다. 밍크고래를 잡는 것은 청진호 선원들의 오랜 바람이었다. 언제부터인가, 그 바람은 고래에 대한 두려움보다 더 깊은 집념이 되어 있었다. 기다리던 밍크고래가 모습을 드러내자, 해안 마을 사람들의 마음도 술렁였다. 뱃고동 소리가 마을에 울려 퍼졌다. 사람들은 소리만 듣고도 밍크고래가 잡혔다는 걸 단번에 알아챘다. 누가 먼저랄 것도 없이 마을 사람들은 약속이나 한 듯 부둣가로 몰려나왔다.

장 씨 아줌마는 노란 블라우스를 펄럭이며 달려 나갔다. 오래만에 만나는 남편을 반기는 얼굴에는 흥분과 걱정이 뒤섞여 있었다. 흥얼흥얼 콧노래가 나왔다.

육중한 고래 몸체가 드디어 땅에 내려앉았다. 둔탁한 울림이 남기고 간 공기에는 먼지와 비린내가 섞여 있었다. 마을의 꼬마들이 호기심 어린 눈으로 몰려들었다. 아이들은 초롱초롱한 눈으로 모여들어 입을 떡 벌린 채 축축하고 거대한 고래를 만졌다. 가까이 다가가서 코를 박았다가 오만상을 찌푸리는 아이도 있었다. 고래는 호기심 놀이터였다.

박 씨 아줌마는 분 냄새를 풍기며 달려와 남편의 품에 안겼다. 선원들도 오랜만에 만난 가족과 인사를 나누었다.

강호는 멀찌감치 서서 그 모습을 지켜보았다. 그의 어깨에는 낡은 가방 하나가 걸려 있었다. 봄바람이 그의 얼굴을 무심하게 스쳐 지나갔다. 장 씨 아줌마와 인사를 나누던 강호의 눈빛에는 말하지 못한 감정이 어른거렸다.

"이놈, 그새 또 컸구나. 벌써 내 키를 뛰어넘었네."

장 씨 아줌마는 입술을 삐죽 내밀며 투덜거렸다.

"또 강호야? 진짜 이러기야?"

서 선장은 듣는 둥 마는 둥 서둘러 강호에게 검은 봉투를 건네며 강호에게 미소지었다. 아저씨의 손은 지난번보다 거칠어져 있었다. 강호는 잠시 아저씨가 포경선에서 겪었을 일을 상상해 보았다. 날렵한 눈으로 작살을 쏘아 한 번에 고래를 명중시키고 배에 매다는 개선장군 같은 모습을.

아저씨가 건네준 봉투에는 막 썰어 낸 고래 고기가 들어 있었다.

"매번 받아서 어떡해요."

"이놈아, 그런 말 하면 진짜 서운하다."

강호는 돌아가신 아빠가 떠올랐다. 심장이 뻐근하게 저렸다. 아저씨는 아빠의 들뜨던 웃음을 닮았다.

3년 전, 아빠가 강호를 두고 떠나던 날의 비가 생각났다. 아빠와 아저씨는 함께 술에 취해 어깨동무하고 집으로 오던 길이었다. 아저씨가 잠깐 소피를 보고 돌아오니 아빠는 자동차에 치여 길바닥에서 뒹굴며 피를 철철 흘리고 있었다고 했다. 강호를 부르며 숨을 거두셨다고 했다. 엄마는 아빠의 모습이 너무 초라해서 보여 줄 수 없다고 했다. 검은 띠를 두른 영정 사진 속 아빠를 볼 때마다, 강호는 아무 말도 할 수 없었다. 키가 클수록, 수염이 거뭇해질수록 아빠가 사무치게 그리웠다.

아빠는 물건을 뜯고 조립하는 데 선수였다. 이것저것 잘 만들고 뜯어고쳤고 동네 사람들이 망가졌다며 가져오는 물건을 가리지 않고 고쳐 냈다. 툭하면 고장 나는, 엄마가 제일 아끼는 석유풍로를 고친 것도 여러 번이었다. 작은 라이터를 해체했다 다시 조립하는 아빠의 손은 마술사처럼 느껴졌다. 아빠가 만졌던 풍로를 만지고 있으면 잠시나마 그리움이 달래지는 것 같았다.

하지만 아저씨를 볼 때면 강호의 마음은 복잡했다. 그날, 만약 아저씨가 아빠 대신 차에 치였다면 어땠을까. 그런 생각이 들 때마다 가슴 한쪽이 서늘해졌다.

오늘처럼 마을이 떠들썩한 날이면, 강호는 기운이 빠져나가는 것 같았다. 강호의 세상은 거의 멈춘 듯 그 자리에서 빙빙 돌았다. 어수선하고 시끌벅적한 곳을 벗어나려고 발길을 돌렸다.

'젠장!'

골목 끝에 다다르자 누리끼리한 문이 보였다. 강호와 엄마가 사는 작은 방과 좁은 화장실이 딸린 집이었다. 엄마는 남의 집 허드렛일을 하며 아빠가 조금 남긴 돈으로 두 사람의 생계를 꾸려 나갔다. 어느 날부터인가 엄마는 심장이 조여드는 것 같은 통증을 느꼈고, 결국 일을 그만둘 수밖에 없었다.

"엄마, 아저씨가 밍크고래 잡았대. 이거 금방 끓여 줄게."

"좀 더 구경하다 오지 그랬어. 밍크고래면 귀하잖아."

강호는 부엌 찬장에서 고래기름이 담긴 유리병을 꺼냈다. 조금씩 아껴 쓰던 귀한 것이었다. 달궈진 냄비에 고기와 물을 넣자 국이 끓기 시작했다. 강호는 한 숟갈 떠서 엄마에게 건넸다. 엄마는 국물을 천천히 삼켰다.

입안에 퍼지는 짙은 바다 냄새가 낯설면서도 익숙했다. 그 맛은 오래된 기억을 건드렸다. 엄마의 심장박동이 잠시 느려지는 듯했다.

"아빠도 이 맛 좋아했었지……."

엄마는 혼잣말처럼 중얼거렸다.

그 순간 강호는, 엄마와 아빠가 잠시나마 다시 만난 것 같은 착각에 사로잡혔다. 엄마에게 세상과 연결된 끈이 있다면, 그건 바로 그 기억 속의 맛일 거라고 생각했다. 엄마는 맛있게 먹고는 잠이 들었다. 강호는 그제야 숨을 돌렸다. 엄마의 심장병이 언제 더 나빠질지 몰라 불안했다. 엄마도 아빠처럼 갑자기 사라질까 봐서였다. 강호에게 엄마는 세상과 연결되어 있는 유일한 끈이었다.

강호는 열일곱이라는 나이가 버거웠다. 차라리 빨리 어른이 되든지, 아니면 다시 아무것도 모르는 어린아이로 돌아가고 싶었다. 친구도 없고, 의지할 사람도 없었다. 가끔 보는 아저씨가 전부였다.

며칠 후 저녁이었다. 엄마의 얼굴에 핏기가 없었다. 가쁜 숨을 몰아쉬며 이마엔 식은땀이 번졌다. 심장을 부여잡고 꺽꺽 소리를 냈다.

"병원 가자."

강호는 엄마의 손을 꼭 잡았다.

"걱정하지 마. 곧 나아질 거야."

엄마는 힘겹게 미소를 지었다. 강호는 마음이 갈기갈기 찢어졌다. 앙상하게 마른 엄마의 손등이 더욱 차갑게 느껴졌다. 아빠를 떠나보내고 혼자 버텨 온 세월의 무게가, 그 손끝에 고스란히 담겨 있었다.

'엄마도 아빠처럼 떠나면 어떡하지……'

불안이 목울대까지 차올랐다. 하지만 입 밖으로는 아무 말도 할 수 없었다. 속이 타들어갔다.

뜬눈으로 밤을 보냈다. 엄마의 병원 진료비를 마련해야 한다는 생각뿐이었다. 당장에 할 수 있는 일을 찾기는 어려웠다. 창문 밖으로 뜬 달이 희미한 빛을 흘리고 있었다. 그 빛이 강호의 어깨를 조용히 내려다보는 듯했다.

아침이 밝자마자 강호는 아저씨를 찾아갔다. 사정을 속속들이 알리고 싶지는 않았지만 방법이 없었다. 강호의 이야기를 듣는 아저씨는 재떨이 속에 이미 꺼진 담배를 손가락으로 꾹꾹 누를 뿐이었다. 친구를 허망하게 보내며 묻어 둔 슬픔을 말없이 더듬는 듯했다.

"그렇게 고생하고 있는 줄 몰랐구나. 내가 너무 무심했어. 다음 출항이 내 마지막 출항이 될 거야. 이제 고래잡이를 그만할 때도 되었지. 이번에 배에 같이 타서 막내 일을 배워 보겠니? 일은 많이 거칠 테지만 아무 데서나 해 볼 수 없는 경험이 될 거다. 네 아빠도 예전에 꼭 너를 태워보고 싶다고 했었지. 그걸 못 해준 게 늘 마음에 걸렸단다."

"아빠가 그랬어요?"

"그래, 결국 약속은 지키지 못했지만."

강호는 말없이 고개를 숙였다.

"아빠는 하늘나라에서도 기계를 뜯고 있지 않을까요?"

"오랜만에 농담하는 모습을 보니 좋구나. 배 안에서 막내는 제일 꼴찌야. 그래도 포경선에서 배우는 건 돈보다 값진 일이다. 어머니가 기력을 찾으시면 다시 일자리를 마련해 볼게. 그동안은 장 씨 아줌마한테 부탁하마. 내가 사무실에 잘 얘기해 볼 테니."

강호는 긴장하고 움츠렸던 목을 조금 폈다. 그제야 숨이 쉬어졌다.

"감사합니다, 아저씨."

며칠 전만 해도 집채만 한 밍크고래를 봐도 아무 생각이 없었다. 강호의 시간에 전혀 어울리지 않는 것들이었다. 그러나 이제 상황이 달라졌다. 인생은 단 하루 앞도 예측할 수 없다는 사실을, 강호는 처음으로 깨달았다.

강호는 오랜만에 바다 앞에 섰다. 숨을 깊이 들이쉬며 가슴을 채웠다.

거대한 고래가 강호의 머릿속에서 날갯짓했다. 넓게 펼쳐진 바다와 웅장하고 멋진 포경선, 고래와의 첫 만남. 이 모든 것이 강호를 기다렸다. 바다에서 쉬고 있는 포경선의 돛이 희망의 상징처럼 높이 솟아 있었다. 시원한 바닷바람이 강호의 마음에 불어오는 것 같았다.

서 선장은 아침 일찍 집을 나섰다. 죽은 친구를 생각하며 막걸리를 마시다 밤을 뜬눈으로 지새웠다. 공기 중에는 아직도 새벽안개가 옅게 깔려 있었다. 바다 내음이 코끝을 간지럽혔다.

고래 해체장은 아침부터 시끄러웠다. 거친 숨소리, 망치 소리, 톱질 소리가 뒤섞여 들렸다. 최형은 병에 한 방울 한 방울 담기는 고래기름을 예리한 눈초리로 지켰다. 감시를 소홀히 해서는 안 되는 중요한 순간이었다. 기름 한 방울이 황금과도 같았다.

작업자들은 숨 가쁘게 고래 몸속을 탐험하고 있었다. 군데군데 박혀 있는 기름을 한 방울이라도 더 건지려 목을 펼 여유도 없었다. 그들의 이마에는 구슬땀이 굵게 맺혔다. 바닥에는 핏물과 고래 내장이 뒹굴었다. 진하고 비릿한 냄새가 공기를 가득 채웠다. 하지만 누구 하나 구역질하는 이는 없었다. 일상이 된 그 냄새와 풍경 앞에서 모두가 단련된 지 오래였다.

이번에 잡힌 거대한 밍크고래는 해안 마을의 큰 수확이었다. 기름과 고기, 부산물 하나하나가 마을의 한 해 살림을 풍족하게 해 줄 소중한 젖줄이 될 터였다.

서 선장은 해체장 옆 낡은 사무실 문을 열었다. 바다 노동자들의 구수한 땀내가 서린 곳이었다. 낡은 사무실에는 세월의 묵직한 공기가 가득했다. 벽에는 바다를 배경으로 한 선원들의 사진이 빼곡히 걸려 있었다. 옛 도구들과 기념패들이 세월의 흔적을 증언하고 있었다.

곱슬기가 있는 앞머리에 배가 불뚝한 오 부장이 반가운 얼굴로 맞았다. 포경 금지령이 떨어졌으니 사무실도 슬슬 정리해야 했지만 고래를 해체하고 정리하느라 눈코 뜰 새 없었다.

"고생하셨습니다! 아마도 다음 항해가 마지막 출항이 될 것 같네요."

"이제 때가 온 거지. 잘 알고 있네. 그런데 오 부장, 부탁이 하나 있는데 들어줄 수 있겠나?"

서 선장은 잠시 머뭇거리다 말을 꺼냈다.

"내 마지막 포경선에 어린 친구 하나를 같이 태울까 하네. 가능한가?"

"그런 경우는 없는 거 아시잖아요. 그리고 그 부분은 최 형과 상의하시는 게……."

"아무래도 그렇겠지? 일단 내, 자네한텐 얘기했네."

서 선장은 슬며시 문을 열고 나와 착유장에서 작업 중인 최 형에게 다가갔다.

"작업은 거의 끝나 가나?"

"이제 시작이죠. 아직 멀었습니다."

"내가 조금 어려운 부탁을 하나 하려고 하네. 내 죽은 친구 놈 아들이 하나 있어. 이름은 강호, 열일곱이야. 덩치는 큰데 좀 무뚝뚝해. 같이 배를 탈 수 있을지 자네 의중을 묻고 싶어서 왔네."

최 형은 골똘히 생각하더니 나직하게 말했다.

"죄송합니다, 선장님. 아무래도 안 될 것 같습니다. 아는 애라고, 막내라고, 귀엽게만 봐 줄 수도 없고요."

"그런 뜻은 전혀 없네. 배는 한 번을 타더라도 철저히 가르쳐야지. 독하게 마음먹고 결정한 걸세. 나는 조용히 뒤로 빠져 있을 테니 부탁 좀 하겠네. 내 아들 같은 놈이라 그런다네."

"알겠습니다. 이렇게까지 말씀하시니 어쩔 수 없네요. 규정에 어긋나지만…… 선장님이 직접 말씀하셨으니 제가 책임지겠습니다. 대신 교육은 혹독하게 시키겠습니다."

"말리지 않겠네. 부탁 들어줘서 고맙네! 그리고 다음 출항이 마지막인 건 자네도 알지?"

"뭐 이젠 슬슬 다른 일거리 찾아야죠. 끝물인데 밍크고래를 잡다니! 큰 건 했어요. 마을이 떠들썩합니다."

"그래, 자네가 고생 많았지. 그럼 수고하게나. 출항 날 보세."

엄마가 정성스레 밥상을 차렸다. 담백한 국과 강호가 좋아하는 계란말이를 상에 올렸다. 강호는 노란 계란말이를 입에 쏙 집어넣었다. 부드러운 맛이 사르르 녹았다.

"아저씨한테 다 들었어. 사무실에 허락받았단다. 강호야, 괜찮겠니?"

엄마의 눈빛이 파르르 떨렸다. 강호는 대답 대신 엄마의 손을 꼭 잡았다.

"엄마 아들이잖아요!"

엄마는 말없이 강호를 꼭 안았다. 강호는 눈물을 흘리지 않으려고 고개를 돌렸지만, 자기도 모르게 눈물이 뚝뚝 떨어졌다. 겪어 보지 않은 세계에 대한 막연한 두려움이 밀려왔다.

'두렵다고 생각하면 계속 두려운 거야.'

강호는 약해지는 마음을 다잡으며 잠든 어머니 옆에서 무릎을 꿇고 조용히 기도했다.

'아빠, 제가 무사히 돌아올 때까지 엄마를 지켜 주세요.'

출항의 날이 밝았다. 강호는 떠나기 전 엄마 앞에 다시 섰다.

"몸조심하고!"

엄마는 떨리는 손으로 강호의 머리를 단정히 쓸어내렸다. 세찬 바람 속에서도 눈빛만은 단단했다.

"강호가 배를 타다니요!"

"형님! 아들 다 키웠네요!"

장 씨와 박 씨는 강호 엄마를 양쪽으로 부축하고 서서 강호에게 손을 흔들었다.

강호는 청진호의 갑판에 올랐다. 갑판에 서니 모든 것이 낯설었다. 아는 사람은 없었고 선장인 서 씨 아저씨는 무뚝뚝하기만 했다.

청진호가 엔진을 울리며 힘차게 출발했다. 강호의 심장이 덩달아 빠르게 뛰었다. 차가운 바닷바람이 얼굴을 스쳤다. 멀어지던 마을은 점점 더 작은 점이 되어 시야에서 사라졌다.

"야, 꼬마 새끼!"

강호는 자기를 부르는 말이라는 걸 알아채지 못했다. 그의 체구는 앞에 서 있는 선원들과 견주어도 손색이 없을 정도로 덩치가 있었다. 부르는 소리가 다시 한번, 이번에는 더 크게 들려왔다.

"저요?"

강호의 목소리가 살짝 떨렸다.

"꼬마 새끼가 여기에 너 말고 또 있어? 당장 이리로 안 튀어 와?"

그의 목소리는 마른 밧줄이 끊어지는 듯 거칠고 단단했다.

갑판 위에 있던 선원들의 시선이 일제히 강호에게 쏠렸

다. 강호 또래로 보이는 선원이 조용히 말을 건넸다.

"우린 모두 최 형님이라고 불러. 여기서는 선장님 다음이지. 얼른 가 봐."

눈 밑에 동전만큼 벌겋게 패인 상처가 있는 험상궂은 얼굴, 짙은 눈썹, 짧은 머리의 최형이 강호를 위아래로 훑어보았다.

강호가 다가가자, 그는 번개처럼 강호를 들어 올려 공중으로 붕 띄우더니 그대로 바다로 내던졌다. 차가운 바닷물이 강호를 감쌌다. 놀라서 숨을 들이켰지만, 차디찬 바닷물이 코와 입을 덮쳤다. 수면 아래로 서서히 잠겨 가면서 주변이 어두워지는 것을 느꼈다.

최형의 행동은 청진호 안에서 이루어지는 첫 훈련이었다. 새로운 선원에게 바다의 거칠고 무자비한 현실을 직면하게 하는 통과의례 같은 것이었다.

강호는 점점 아래로 내려갔다. 깊어질수록 흐릿한 청색과 검은색이 혼재되어 정신이 가물가물했다. 숨을 쉴 수 없는 절망감 속에서 강호는 몸부림쳤다. 묵직한 손이 그를 계속 아래로 잡아당기는 것 같았다.

'이렇게 죽는 걸까?'

강호는 조용히 눈을 감고 바다에 몸을 맡겼다. 서서히 바다 아래로 꺼지려던 그때, 마른 손으로 꼭 잡아 주던 엄마의 모습이 스쳐 지나갔다. 순간, 살아야 한다는 생존 본능이 불처럼 타오르기 시작했다. 발버둥을 치며 수면 위로 올라가기 위해 필사적으로 헤엄쳤다. 물은 그를 집어삼킬 듯이 거세게 밀어붙였다. 그의 폐는 숨을 간절히 바랐다. 찢어질 듯 아렸다. 강호는 버티고 버텨 허우적대며 수면까지 올라왔다. 차가운 바람이 그의 얼굴을 스쳤다. 깊게 숨을 들이켰다가 천천히 내쉬었다.

최형은 혹시 모를 비상사태를 대비하며 지켜보고 있었다. 강호가 수면으로 나오자마자 선원에게 밧줄을 던지라고 지시했다. 강호는 가까스로 밧줄을 움켜쥐고 배에 올라 숨을 몰아쉬었다. 그러고는 바닥에 벌러덩 드러누워 헐떡였다. 심장 박동이 다시 천천히 돌아왔다.

최형은 한쪽 눈썹을 치켜올리며 강호를 보았다. 걱정하던 기색은 티 내지 말아야 하는 자리였다. 그의 얼굴에는 냉혹한 표정뿐이었다.

"이제 알겠지? 바다가 얼마나 크고, 넌 얼마나 작은지."
"그래도 너무하잖아요! 이렇게 갑자기!"

강호는 다시 생각해도 울분이 차올라서 소리를 고래고래 질렀다.

"모든 일은 갑자기 일어나! 앞으로 차차 알게 될 거다."

하고 싶은 말이 무수히 많았지만 강호는 쓸쓸한 표정으로 입을 다물었다.

"첫 관문은 여기까지!"

따뜻한 위로와 칭찬은 아니었다. 청진호에서 사람을 가르치는 최형의 방식이었다. 그러나 왠지 강호의 귀에는 응원의 말처럼 들렸다. 해낸 것에 대한 인정이 묻어 있었다. 충분했다. 풀지 못한 화가 조금 누그러졌다.

축축하게 젖은 채로 서 있자, 몸이 부들부들 떨렸다. 벌벌 떨리는 손으로 젖은 옷을 짰다. 물이 주르륵 흐르는 걸 옆에서 보던 선원이 바로 닦아 내며 말했다.

"이게 우리의 마지막 출항인 건 알지? 그래서 이번엔 대충 넘어가려나 했는데, 너도 예외는 아니었네. 한 번을 타도 반드시 살아남아야 하니까. 바다는 우리가 어릴 때 놀던 놀이터가 아니야. 정신이 번쩍 들지?"

아까 최형에 대해 넌지시 알려 주던 선원이었다. 그의 말소리가 웅웅거리는가 싶더니 강호는 정신이 희미해지며 그

자리에 쓰러졌다. 최형은 갑판 구석에서 쪼그린 채 곯아떨어진 강호에게 얇은 천을 덮어 주었다. 첫날 겪은 충격의 여운은 길었다. 강호는 깊은 잠에 빠져서 한참을 깨어나지 못했다.

아침 해가 밝았다. 누군가 강호의 발을 툭툭 찼다. 눈떠 보니 최형이 서 있었다. 그의 눈빛은 엄격하고 진지했다.
"지금이 몇 신데 아직도 자고 있지? 여기선 밤낮이 없다. 정신 차려!"
배 안은 벌써 고래잡이 준비가 한창이었다. 바위처럼 서서 망원경으로 먼바다를 살피는 선원에게 서 선장이 지도를 보면서 뭔가 묻고 있었고, 최형은 작은 배를 점검하며 선원들을 챙기고 있었다.
용수가 최형한테 지시를 받고, 물이 가득 든 물통과 빗자루를 들고 와서 강호 앞에 놓았다.
"갑판 청소를 이제 너랑 하게 되다니! 난 지금까지 이 배의 막내였던 용수라고 해. 막내에서 벗어나는 날도 오는구나. 먼저 빗자루로 먼지를 쓸고 쓰레기부터 주워."
용수는 능숙한 손놀림으로 강호의 손에 빗자루를 쥐여

주었다. 강호는 거친 목재로 만들어진 갑판 구석구석까지 정성껏 쓸기 시작했다.

다음으로 용수는 무거운 물통을 양손에 들고 조심스레 걸어왔다.

"여기서 중요한 건 물을 뿌리는 방향이야!"

용수가 시범을 보이려는 순간 매서운 바람이 불어왔다. 예기치 못한 방향으로 물줄기가 휘어지며 강호의 낡은 작업복을 적셨다. 배 안에서 옷이 젖는 것은 일상이었다. 갈아입을 틈도 없이 강호는 젖은 채로 물통에 비누를 풀어 갑판을 문질렀다. 강호의 작업복은 땀과 바닷물로 흠뻑 젖었다. 돛은 여전히 거친 파도를 헤치며 힘차게 나아가고 있었다.

그때 거센 파도가 다시 한번 갑판 위로 요란하게 부서졌다. 소금물이 갑판 위로 흩어졌다. 하루 종일 애써 닦아 냈는데 눈 깜짝할 사이에 다시 엉망이 되었다.

"바다는 자비롭지 않아!"

최형이 날카로운 눈빛으로 강호를 보며 말했다.

'왜 하필 이때 파도냐고!'

강호는 투덜거리며 물기 어린 갑판을 노려보았다. 지긋

지긋한 소금 냄새가 코를 후비고 들어왔다. 파도가 스쳐 지나간 자리마다 물이 고여 있었다. 강호는 허리를 굽혀 고인 물을 쓸어 냈다. 하지만 이내 또 다른 파도가 갑판을 덮쳤다. 쉴 새 없이 밀려오는 바다에 맞서 싸우는 것은 도무지 끝이 보이지 않는 일이었다.

'대체 언제까지 이런 걸 반복해야 하는 거지?'

강호의 얼굴에 실망감이 어렸다.

용수는 강호의 어깨를 짚으며 웃었다. 늘 겪는 일이라는 듯이 여유를 부리며 말했다.

"자자, 순차적으로 할 수밖에 없어, 모든 일은. 물을 빼내는 것만큼 말리는 것도 중요해. 물기를 털어 내듯 빗자루질을 세게 해야 물이 금방 증발하거든. 그리고 난간 쪽은 물이 잘 고이니까 꼭 닦아 주고."

강호는 서툰 솜씨로 빗자루를 놀렸다. 세게 문질러도 물은 잘 마르지 않았다.

"손목에 힘을 꽉 주고 숨을 내쉴 때마다 물도 함께 사라진다고 생각해 봐."

용수가 옆에서 시범을 보였다. 강호는 빗자루에 온 힘을 실었다. 거친 솔이 나뭇결을 벅벅 문질렀다.

"그렇지, 이 망할 물! 어서 사라져 버려!"

오랜 시간이 지나자 물기는 한결 옅어졌다. 강호의 등에서는 땀이 주르륵 흘렀다.

"여기까지가 청소의 마지막이야. 이제 다음 물살이 올 때까지 쉴 수 있어."

용수가 미소를 지었다.

"하지만 금방 또 젖잖아요. 도대체 왜 청소를 하는 건지 모르겠어요."

강호는 푸념을 늘어놓았다.

"그래도 해야 해. 청결은 배에서 기본이야. 우리가 물과 싸워 이겨야 배가 오래 견디지. 그것이 곧 우리의 생명줄이고."

"어차피 이게 마지막 항해라면서요? 그럼 그런 게 뭐가 중요해요?"

"마지막도 늘 처음처럼 해야 한다고 우리 할머니가 그러시더라."

용수는 단호하면서도 따뜻한 눈빛으로 강호를 바라보았다. 강호는 깊은 한숨을 내쉬었다.

'내 인내심이 언제 바닥이 나는지 한번 해 보자.'

청진호는 흔들림 없이 물살을 가르며 항해를 이어 갔다.

용수는 손바닥을 내보이면서 웃었다. 퉁퉁 부르트고 굳은살 투성이었다. 강호의 손도 벌겋게 부풀어 올라 있었다.

"얼마나 탔어요, 이 배를?"

강호는 처음으로 용수에게 말을 걸었다.

"좀 됐지. 처음 타고 다신 안 타려고 했는데 또 타고 또 타고. 그러다 이렇게 됐어. 이래 봬도 내가 우리 집 가장이라서."

"난 고래 잡으면 그 돈으로 엄마 병원비 보태려고 해요."

"고래만 잡아 봐! 재밌는 일도 많을 거야. 기운 내! 오늘 고생했어."

최형은 눈을 가늘게 뜨고 구석까지 꼼꼼히 점검하더니 쉬라는 짧은 말을 남겼다. 그 말을 듣자마자 용수와 강호는 갑판에 벌러덩 누웠다. 막내는 잠자리도 갑판 위 아무 데나였다.

청진호의 새벽은 차갑고 조용했다. 일찍 눈을 뜬 강호는 배의 앞머리에 섰다. 오늘의 훈련은 고래잡이 도구 정리였다. 최형이 강호를 보며 말했다.

"전쟁터에 나간 사람에게 가장 중요한 건 자기 총을 지키는 일이다. 여기서도 마찬가지야. 도구를 제대로 관리하는 것은 네 목숨을 지키는 일과 같아. 하나라도 잘못되면 모두 끝이야!"

강호는 고개를 끄덕였다. 그의 앞에는 날카로운 작살, 무거운 밧줄, 무시무시한 갈고리 등 다양한 고래잡이 도구들이 어지럽게 널려 있었다. 강호는 하나하나 도구를 들어 정리하기 시작했다. 불현듯 아빠가 떠올랐다. 이 도구들을 보았다면 얼마나 신기해하고 즐거워했을까 싶은 마음에 울컥했다. 강호는 하늘을 올려다보았다. 선명하고 파란 하늘에 반듯하게 구름이 새겨져 있었다.

"빨리빨리 속도를 올려! 바다에서는 더디면 안 돼!"

최형이 단호한 목소리로 명령했다.

강호는 속도를 내려 했지만, 도구를 제자리에 놓는 일은 생각보다 어려웠다. 각 도구의 특성과 사용법을 정확히 이해하고, 신속하게 정리해야 했다.

"작살은 여기, 밧줄은 저기. 제자리를 기억해!"

해가 조금씩 기울 무렵에야 강호는 마침내 도구를 정확한 위치에 정리했다. 그의 손과 팔이 바들바들 떨렸다. 고된 노동이 쌓이면서 몸이 한계에 다다랐다. 현실이 너무 가혹하게 느껴졌다. 더 이상 버틸 자신이 점점 사라졌다. 최형의 날카로운 눈빛을 볼 때마다 숨통이 조여 왔다. 강호의 손은 퉁퉁 붓고, 부르텄고, 물집이 터져 고름이 흘렀다. 바닷바람이 상처 부위를 건드릴 때마다 더욱 뜨겁게 쓰라렸다. 이를 악물고 쏟아 낸 땀은 갑판 위에 스며들어 바다로 사라졌다.

청진호의 냉혹한 분위기도 강호를 지치게 만들었다. '꼬마 새끼'라고 놀리며 비웃던 걸 시작으로 날이 갈수록 구박과 홀대에 매 순간 지옥이 따로 없었다. 낮에는 가까스로 버텼고, 밤에도 멀미 탓에 구역질이 올라와서 편히 잠들 수 없었다. 너무 피곤해서 잠에 빠진 날이면 악몽에 시달렸다. 자다가 깨면 갑판으로 나가 밤하늘을 보았다. 무수한 별들이 반짝였다. 강호는 엄마를 생각하며 입술을 꾹 깨물었다.

배운 일을 몸에 익히며 하루하루를 견뎌 냈다. 시간은 흘렀고, 포경선의 고된 일상에도 조금씩 익숙해졌다. 강호는 배의 난간에 기대어 끝없이 펼쳐진 바다를 바라보았다. 그의 눈앞에 펼쳐진 바다는, 곧 만나게 될 고래의 넓은 독무대처럼 보였다.

'언젠가는 고래가 뛰어오르겠지?'

강호는 바다의 왕처럼 씩씩하게 수면 위로 모습을 드러내며 장엄한 자태로 나타날 고래를 상상했다.

하늘이 점차 어둑해지고, 먹구름이 무거운 그림자를 드리웠다.

"갑자기 날씨가 이상합니다!"

청진호에는 긴장감이 감돌았다. 최형과 선원들은 비상태세를 갖추었다. 강호는 그 거대한 자연의 움직임 앞에서 두려움이 몰려오는 걸 느꼈다. 바람이 점점 세차게 청진호의 돛을 흔들었다. 청진호는 종이배처럼 무자비한 파도에 이리저리 휘둘렸다.

"모두 밧줄을 잡아!"

최형의 외침이 파도 소리에 섞여 번졌다. 선원들은 재빨리 움직이며 난간에 매달린 밧줄과 선반, 지지대를 꽉 붙잡았다. 강호도 처음으로 거센 파도와 맞서기 위해 밧줄을 단단히 감아 쥐었다. 손끝이 하얗게 질렸다. 심장이 빠르게 뛰었다.

폭풍은 청진호를 통째로 삼키려는 듯 거대한 몸체를 흔

들어댔다. 강호는 공포스러운 마음에 얼굴이 일그러졌다. 파도가 거대한 짐승의 혀처럼 선박을 덮쳤다. 선원들은 생의 마지막 순간을 버티듯 밧줄에 몸을 의지하며 가까스로 버텼다. 검은 구름이 하늘을 뒤덮고 거친 바람이 끊임없이 불어닥쳤다. 곳곳에서 비명이 터졌고 선원들은 서로의 몸을 붙잡으며 파도 속으로 휩쓸리지 않으려 안간힘을 썼다. 강호는 밧줄을 놓치면 죽을 거라는 생각에 살기 위해 이를 악물었다. 손의 살점이 벗겨지고, 피가 밧줄 위로 번졌다.

폭풍우가 지나간 뒤, 배 안은 아수라장이 되어 있었다. 갑판 곳곳에는 거친 파도에 휩쓸려 온 잔해들과 깨진 파편들이 흩어져 있었고 선원들은 기운이 빠져 바닥에 널브러져 있었다. 강호 역시 갑판 위에 주저앉아 숨을 헐떡였다. 눈앞이 캄캄했다. 파도 소리와 배가 삐걱대는 소리만 들렸다.

바다는 여전히 거칠게 요동쳤다. 또다시 파도가 배를 내리쳤다. 바람은 거친 소리로 선원들의 귀를 할퀴었다. 서 선장의 단호한 목소리가 배를 가로질렀다.

"모두 침착해라!"

서 선장의 노련한 조종 아래 청진호는 차츰 안정을 되찾았다. 바다는 여전히 사나웠지만 배 안은 조금씩 고요를 되찾았다. 선원들도 숨을 고르며 서로를 바라보았다.

"우리 이런 거 한두 번 겪은 거 아니잖아."

최형도 씁쓸한 미소를 지으며 선원들을 격려했다. 선원들이 그의 말에 고개를 끄덕였다. 강호는 그들의 단단한 의지에 고개를 숙였다. 서로 눈빛을 주고받으며 힘겹게 버텨 온 시간이 얼마나 길었을지 짐작도 되지 않았다. 앞으로 이런 일을 또 겪을 수 있다고 생각하니 몸이 떨렸다.

다시 잠잠해진 바다와 언제 그랬냐는 듯 순해진 파도를 보며 강호는 그제야 허리를 폈다. 배 안에 혼자가 아니라는 사실이 큰 위로가 되었다.

강호는 배의 한쪽 모서리에 서서 젖은 머리카락을 털어내며 깊게 숨을 들이켰다.

'숨이, 달다.'

시련이 닥쳐올수록, 폭풍을 견딜수록 강호는 강해졌다. 의식이 또렷해졌다. 강호는 무거운 몸을 일으키고 다시 일어나 갑판에 섰다. 잔잔한 파도가 청진호의 배 앞에서 조용히 부서졌다.

폭풍이 지난 뒤, 만신창이가 된 청진호의 선원들은 피해 상황을 점검하며 복구 계획을 세우기 시작했다.

"돛이 찢어진 데다 키도 망가졌어. 마지막 항해까지 바다가 이러는 게 너무 야속하군."

서 선장의 얼굴에 어둠이 드리웠다.

"자, 모두 힘을 합쳐 수리를 시작해 보자!"

최형은 선원들을 향해 크게 외쳤다.

누군가는 찢어진 돛을 기워 나갔고, 누군가는 부서진 키를 고치기 위해 나무를 깎기 시작했다. 강호는 눈치껏 선원들에게 필요한 장비를 챙겨 주며, 열심히 도우려 애썼다. 그러면서 돛을 기우는 일부터 톱질하고 망치질하는 것까지 눈동냥으로 꼼꼼히 익혔다.

"서 있지만 말고 이리 와서 좀 봐. 밧줄 묶는 법을 알려 줄 테니."

용수는 밧줄을 척척 잘 묶었다. 아무리 따라 해도 잘 되지는 않았지만 묵묵히 배웠다.

"아, 이렇게 하는 거구나!"

점점 요령이 생기기 시작했다.

꼬박 며칠이 걸려 수리를 마쳤다. 청진호는 예전의 모습을 되찾았다. 돛도 다시 팽팽해지고, 키도 제 역할을 하게 되었다.

"정말 고생 많았다! 오늘은 맘껏 먹자!"

선원들의 함성이 터져 나왔다.

"강호도 수고했다. 우리 꼬맹이 제법 일손이 되는걸?"

최형이 장난스레 강호의 머리를 쓰다듬었다. 강호는 선원들과 함께 배를 고치면서 정말 많은 걸 배웠다. 서로의 손이 닿고, 눈빛이 마주칠 때마다 그들의 단단한 의지가 전해졌다. 어릴 적 아빠 옆에서 보고 배운 경험을 발휘해 찢어진 돛을 기우는 법, 부러진 키를 고치는 법 등을 잘 기억하고 익혔다. 기계와는 거리가 멀어 보이는 일이었지만, 사물을 대하는 태도나 문제 해결 방식은 크게 다르지 않았다. 강호는 그 뒤로 마치 아빠가 기계를 대하듯 배의 곳곳을 살폈다. 섬세함과 꼼꼼함 그리고 포기하지 않는 끈기를 가지고.

"저도 이제 진짜 청진호의 선원이 된 것 같아요!"

"그래, 이제 청진호의 당당한 일원이지."

강호의 말에 최형이 웃었다. 그 웃음은 따뜻했고, 강호의 가슴을 울렸다. 처음 청진호에 발을 디뎠던 날, 바다의 냉기에 몸을 떨던 기억이 스쳤다. 하지만 이제는 달랐다. 그는 파도 위의 삶에 익숙해졌고, 폭풍 속에서도 포기하지 않았던 선원들의 얼굴을 기억했다.

강호는 고개를 숙이고 눈물을 훔쳤다. 아무도 모르게 흘리는 눈물이었다. 그 눈물 속에는 그동안의 외로움과 두려움 그리고 간절했던 마음이 모두 녹아 있었다. 강호의 가슴은 뜨거운 무언가로 가득 찼다. 처음 느껴 보는 마음이었다.

폭풍의 시련을 딛고, 청진호는 다시 항해를 이어 갔다. 강호는 용수를 비롯해 선원들과 어울리는 게 점점 더 편해졌다. 그리고 질문이 늘어났다.

"고래는 어떻게 잡아요?"

"일단 고래를 발견하면 작은 배를 타고 접근해서 작살을 던지지."

강호의 눈이 동그래졌다. 상상만으로도 너무 흥미진진했다.

"고래는 언제 나타날까요? 꼭 보고 싶어요!"

"우리도 기다리는 중이야."

"배는 어떻게 항해하는 건가요? 육지가 안 보이는데도

길을 찾을 수 있어요?"

"저기 있잖아, 커다란 돛. 바람을 읽고 방향을 트는 거지. 별자리를 보면 방향을 알 수 있어. 뱃사람들만 아는 비법이야."

강호는 질문을 멈추지 않았다. 선원들은 열일곱 강호에게 또 다른 가족 같았다. 서로의 처지를 잘 알기에 힘이 되어 주는 사이였다. 강호는 그렇게 조금씩 바다에 대해 알아 갔다. 험하지만 신비로운 매력이 있는 곳이었다.

하지만 배 안에서는 긴장을 놓으면 안 되었다. 뱃일은 강호에게 물리적인 한계를 넘어서는 것이었다. 정신력으로 버텨야 했다. 폭풍우가 오면 안전을 위해 밤새우는 일이 흔했다. 바람과 파도가 선박을 덮칠 듯 휘몰아칠 때도 많았다. 악천후에도 강호는 선박의 갑판을 닦고 도구를 철저히 점검했다. 넘어지고, 다치기도 했지만, 매번 다시 일어섰다.

험난한 시련을 겪으며 강호는 더 단단해지고 용감해졌다. 그리고 고래를 잡고 싶은 마음이 커져만 갔다.

'언제 나타날까?'

이른 새벽부터 강호는 배의 난간에 서서 먼바다를 바라

보고 있었다. 그런데 평소와 다른 것이 눈에 들어왔다.

'저건?'

매일매일 매의 눈으로 고래를 찾던 강호는 바로 알 수 있었다. 미세한 물보라가 일었다. 잠시였지만 기운이 예사롭지 않았다. 강호는 곧바로 용수에게 알렸고 용수는 다시 최형에게 알렸다. 하지만 망원경으로 바다를 확인하던 선원들은 의외의 반응이었다.

"아닌 것 같은데?"

그러나 강호는 그 미세한 물보라가 바람에 의해 생긴 단순한 파동처럼 보이지는 않았다. 바닷속 깊은 곳에서 무언가가 숨 쉬고 있는 듯한 기운이었다. 은밀하면서도 신비로운 기운.

"하하, 강호가 고래를 제일 기다리나 봐!"

다들 잘못 봤다며 제자리로 돌아갔다. 하지만 강호는 그 자리를 지켰다. 바다만 뚫어지게 보고 있으니 바다와 한 몸이 되는 듯한 느낌이 들었다. 다시 미묘한 물보라가 보였다. 아주 잠깐 동안 바다 위로 떠오른 뒤 다시 깊은 품속으로 사라져 버린 신비로운 모습이, 고래가 보내는 신호 같았다. 대체 무엇인지 미칠 듯이 궁금했다. 선체 끝으로 달려가 배의 속도와 방향을 조절하고 있는 서 선장에게 긴급하게 소리쳤다.

"저기, 물보라가 또 일었어요! 바로 저기요!"

긴장과 흥분으로 목소리가 떨렸다. 선장과 다른 선원들은 망설이는 눈초리였다. 몇 분간 집중하고 숨을 죽이며 지켜보는데 다시 물보라가 일었다. 서 선장은 즉시 명령을 내려 물보라가 일어난 방향으로 키를 돌렸다.

드디어 기다리던 장면이 펼쳐졌다. 그 광경은 모든 이들을 황홀하게 만들었다. 거대한 고래가 강렬한 물보라를 일으키며 숨을 들이켜고 있었다. 푸른 바닷물을 무대로 웅장한 위엄을 갖춘 고래가 높이 뛰어올랐다가 그림자와 함께 바닷속으로 사라졌다. 마치 검은 산맥이 바다 위로 떠오른 듯 장엄했다.

청진호는 고래 주변으로 접근했다. 고래는 눈치챈 듯 괴물처럼 변했다. 상상했던 것보다 훨씬 더 강력했다. 거대한 꼬리를 휘두르며 공격해 왔다. 거센 파도는 마치 고래와 함께 공격하는 듯 배를 세차게 흔들었다. 고래는 쉽게 포기하지 않았다. 끊임없이 배를 공격하며 격렬하게 싸웠다.

강호는 눈앞에서 고래를 보고 놀라움을 감추지 못했다.

그 순간 뭔지 모를 두려움이 같이 따라왔다. 축 늘어져 바닥에 힘없이 누워 있던 고래와는 전혀 다른, 엄청난 생명의 힘이었다. 선원들도 버티기에 들어갔다.

고래를 정밀하게 살피던 서 선장의 목소리에는 긴장과 흥분이 가득했다.

"아직 아니다! 버텨! 이번에도 큰 녀석이야!"

최형도 다급한 목소리로 선원들에게 지시를 내렸다.

"밧줄과 작살, 모두 준비!"

강호도 준비 자세를 취하며 선원들 사이에 섰다. 고래의 그림자가 점점 배에 가까워지자, 서 선장이 외쳤다.

"배를 내려!"

빠르게 두 대의 작은 배가 바다에 내려졌고, 최형과 몇몇 선원들이 나누어 올라탔다. 강호는 긴장과 흥분이 교차하는 마음으로 그 모습을 지켜보았다. 경험 많은 최형의 손에는 정확히 명중할 작살이 들려 있었다. 그는 진지한 표정으로 고래의 움직임을 예의주시했다.

"저쪽으로 좀 더 가자. 조심해! 녀석이 갑자기 방향을 바꿀 수도 있어."

작은 배는 파도를 가르며 고래와의 거리를 점점 좁혀 들어갔다. 고래가 수면 위로 떠올라 숨을 쉬는 순간, 그 어마어마함에 모두 숨을 멈췄다.

고래 꼬리가 바다 수면을 찰싹 때리자 큰 물보라가 일었다. 선원들은 긴장의 끈을 놓지 않았다. 연달아 고래가 꼬리 짓을 할지 모르니 대비가 필요했다. 예상대로 두 번째 꼬리 짓을 했다. 파도가 일며 작은 배를 흔들었다. 선원들은 그 폭풍우 같은 힘 앞에서 버티고 버텼다. 그때 선원 한 명이 바다에 빠졌다가 밧줄을 잡고 재빨리 배에 다시 올라왔다. 어떤 일이 벌어질지 예측할 수 없는 것 투성이었다. 그러나 빠르게 대처하는 선원들의 모습을 보면서 강호는 그들이 전쟁터의 멋진 영웅 같다는 생각을 했다.

고래가 갑작스레 방향을 바꾸었다. 최형은 침착하게 명령을 내렸다.

"배를 돌려!"

손에 땀을 쥐고 지켜보던 강호는 마른침을 삼켰다. 긴장감에 몸이 부르르 떨렸다.

고래가 이번에는 청진호 쪽으로 방향을 틀었다. 결정적인 순간이 왔다. 서 선장은 그동안 쌓아 온 모든 경험과 집중력으로 신중하게 조준해 작살을 쏘았다. 강호의 긴장감

도 최고조에 이르렀다. 작살은 공중을 가르며 정확하게 날아가 고래의 몸에 박혔다. 두 번째 작살도 명중이었다. 수많은 작살이 고래의 몸에 수를 놓듯 촘촘하게 박혔다. 고래는 몸을 격렬하게 흔들며 괴로워했다. 마침내 거대한 몸이 바다 위로 쓰러졌다. 푸른 바닷물은 붉은 피로 물들기 시작했다. 작은 배에 탄 선원들도 연달아 작살을 던졌다. 고래는 점점 힘이 빠졌고 바다는 더욱 붉게 물들었다.

"모든 힘을 다해라!"

최형의 명령이 이어졌다. 선원들은 밧줄을 꽉 쥐고 고래를 포획하기 위해 안간힘을 썼다. 손에서 피가 흐르고, 근육은 너덜너덜해졌다. 하지만 포기하지 않았다. 이 싸움은 그들에게 단순히 고래 한 마리를 잡는 것이 아니라 가족을 먹여 살리는, 목숨을 건 일이었다.

고래는 죽어 가면서도 끊임없이 몸부림쳤다. 선원들과의 사투는 점점 더 치열해졌다. 마침내 고래가 힘없이 늘어진 순간, 선원들은 서로를 바라보며 눈물 섞인 환호를 질렀다.

강호는 피가 난무하는 치열한 현장에서 숙연해졌다. 목숨을 걸고 치러야 하는 거친 싸움을 하면서, 가족을 챙기고 삶을 꾸려 온 배 안의 모든 이들이 존경스러웠다. 그들은 누구보다 열심히 싸웠고 전투를 승리로 이끌었다. 강호는 복잡한 감정이 북받쳤다. 얼굴에는 눈물과 땀이 뒤섞여 흘렀다. 조용히 난장판이 된 갑판을 정리하기 시작했다.

고래를 싣고 마을로 돌아가는 청진호는 승리의 함선이었다. 육중한 고래의 몸이 배의 움직임에 따라 살짝살짝 흔들렸다. 때때로 파도가 고래의 몸을 살포시 쓰다듬었고, 그 거대한 꼬리는 가끔 공중으로 천천히 들렸다 내려앉았다.
뱃고동 소리가 마을 전체에 울려 퍼졌다. 마을 사람들은 흥분한 얼굴로 해안가로 모여들었다. 강호도 선원들과 함께 마을의 영웅이 되었다.
강호는 엄마를 만날 생각에 가슴이 벅차올랐다. 한참을 두리번거리다 드디어 엄마의 모습을 발견했다. 엄마 역시 강호를 알아보고 반가움에 눈물을 지었다. 엄마는 아줌마들의 도움 없이 천천히 강호를 향해 걸어왔다. 아빠가 기도를 들어준 것 같았다. 검게 타고, 키가 훌쩍 자란 아들의 손을 맞잡은 엄마의 얼굴에 웃음꽃이 피어났다.
"어머니."
엄마의 손은 거칠고 주름졌지만 여전히 포근했다.

"우리 아들, 정말 많이 컸구나. 어른이 다 됐어."

엄마는 강호의 얼굴을 유심히 살폈다. 까맣게 그을린 피부, 거친 손, 깊어진 눈빛까지. 바다에서의 험한 생활이 고스란히 느껴져 마음이 아렸다. 돌아왔다는 안도감에 눈물이 흘렀다.

"어머니, 이제 제가 어머니를 지킬게요."

강호는 엄마의 눈물을 닦아 주며 또렷한 목소리로 말했다. 남자가 되어 돌아온 아들의 모습에 엄마는 울음을 터뜨리고 말았다.

"그래, 우리 아들. 너무 고생했다. 정말 대견하구나."

엄마는 훌쩍거리면서도 환한 미소를 지었다. 포경선에서의 험난한 생활을 버텨 낸 아들이 자랑스러웠다.

"엄마는 이제 아무 걱정 없단다."

아들의 넓은 어깨를 보며 더없이 든든함을 느낀 엄마가 말했다.

해가 뉘엿뉘엿 지고 있었다. 강호는 낡은 청진호 갑판에서 선장과 최형, 선원들과 함께 모여 앉았다. 오랜만에 차분히 앉아 바다를 바라보았다.

"이제 이 바다에서 고래를 쫓던 일은 추억이 되겠지."

서 선장이 바다를 너그럽게 바라보며 중얼거렸다. 그의 눈빛에는 세월의 무게가 고스란히 담겨 있었다.

"그동안 정말 수고 많으셨습니다, 선장님."

모두 존경의 마음을 담아 서 선장에게 고개를 조아렸다.

"바다에게 고맙고, 모두에게 고맙네."

서 선장은 미소를 지으며 언제든 집으로 놀러 와 따뜻한 밥 한 끼를 하자고 말했다.

"바다는 우리의 삶 그 자체였죠. 때론 지긋지긋했지만요."

최형이 덧붙였다.

"배가 너무 고파서 청진호에 탔는데, 할머니랑 저랑 추운 날에도 떨지 않게 됐어요. 불쑥불쑥 그리울 것 같아요."

용수의 말에 선원들의 얼굴에도 저마다의 사연이 스쳐 지나갔다.

"나는 아들 학비 때문에 배를 탔지. 가난 때문에 아들의 꿈을 포기하게 할 수는 없었거든."

사연은 제각기 달랐다. 하지만 그들에게는 한 가지 공통점이 있었다. 바로 가족을 위해, 사랑하는 이들을 위해 이 바다에 몸을 맡겼다는 것. 모두가 잠시 침묵에 잠겼다. 포경선 위에서 삶을 보냈던 이들에게 바다는 가혹했지만 또 친구처럼 너그러웠다. 모진 풍파를 주었다가 넉넉한 품으로 그들을 감쌌다.

"이제는 바다를 멀리서 바라보며 지내고 싶군."

서 선장의 눈가 주름이 살짝 떨렸다.

"청진호도, 고래도, 바다도…… 모두 제게 많은 것을 가르쳐 주었어요."

"꼬마 새끼, 네 덕분에 마지막 항해를 못 잊을 것 같아."

최형이 강호의 어깨를 부드럽게 두드렸다.

"아직도 꼬마 새끼라고요?"

강호는 최형을 곁눈질하며 입술을 삐죽거렸다. 그러다 피식 웃었다. 꼬마 새끼라고 불리던 때가 새삼 그리워질 것 같았다.

모두 집으로 돌아갔지만 강호는 아직 그 자리에 있었다. 갑판 위에 홀로 서서 어두워지는 수평선을 바라보았다.

'내 앞날에 또 다른 모험과 시련이 기다리고 있을지도 몰라. 그래도 나에게는 고래와 바다가 들려준 이야기가 있어.

거친 파도가 휘몰아쳐도 단단히 버텼던 뿌리 깊은 인내심도 있고.'

강호는 가슴 한구석에서 피어오르는 따스함을 느꼈다. 그것은 더 거친 바다를 항해할 수 있는 용기였고, 앞으로의 시간을 기대하게 만드는 설렘이기도 했다. 강호는 하나둘 떠오르는 별을 바라보았다. 작은 빛 하나가 강호의 가슴에 포근히 스며들었다. 그의 항해는 이제부터가 진짜 시작이었다.

안녕, 고래

초판 1쇄 발행 2025. 12. 20.

지은이   정명섭 유이영 김여진 이지선
발행인   이상용 이성훈
발행처   봄마중
출판등록   제2022-000024호
주소   경기도 파주시 회동길 363-15
대표전화   031-955-6031
팩스   031-955-6036
전자우편   bom-majung@naver.com

ISBN 979-11-94728-20-7 43810

값은 뒤표지에 있습니다.
잘못된 책은 구입한 서점에서 바꾸어 드립니다.
본 도서에 대한 문의사항은 이메일을 통해 주십시오.

봄마중은 청아출판사의 청소년·아동 브랜드입니다.